ONDER DE DREVEN

Eerste druk november 2014

Hannah van Munster

Onder de dreven

Uitgeverij Van Oorschot
Amsterdam

Onder de dreven is gebaseerd op ware gebeurtenissen. Mogelijke overeenkomsten met bestaande personen komen voort uit de fantasie van de schrijver.

Het is niet helemaal donker. Het ganglicht brandt en de deur staat open, waardoor er precies voldoende licht valt in de slaapkamer om het kind te kunnen zien. Manú wil het zo. De huid van de kleine jongen is lichter dan de zijne en hij slaapt. Voorzichtig schuift hij hem naar de kant van het bed waar de matras tegen een wand geschoven is.

'Zachtjes praten,' fluistert Manú. 'Hij moet nog wennen.'

Met opgetrokken knieën zitten ze op de dekens alsof ze pubers zijn. Hij blijft naar het kind kijken. Zij laat zich tegen zijn rug vallen en slaat haar armen om zijn middel. Met haar gezicht in het vlees van zijn rug knikt ze ja. Ja. Natuurlijk is ze het met hem eens. Wat kan ze nog meer zeggen?

Hoe lief ze hem vindt. Dat is het enige eigenlijk. Al het andere zal blijken. Vanzelf. Tegen wat zal blijken kan ze zich niet verweren. Ze is kalm.

Morgen, overmorgen zal hij alles weten.

Hij keert zich naar haar toe. Vanuit haar gezichtspunt dekt hij het licht af uit de gang, wordt hij silhouet. Maar ze voelt hoe hij haar neerduwt, haar kleren afstroopt, haar witte lichaam met het zijne bedekt; zijn donkere lichaam met al zijn gewicht op het hare legt en zijn gezicht begraaft in wat over is van haar borsten.

Ook als hij haar niet vermoordt zal de uitwerking hetzelfde zijn. Ze voelt geen spijt.

Hij drukt zich op met zijn armen, vouwt, steunend op één arm, haar been opzij en leidt met zijn vrije hand zijn stijve bij haar binnen. Hij doet het met ernstige zwier, misschien meent hij haar te moeten heroveren.

Ze merkt dat ze droog is en dicht van binnen en hoe hij voorzichtig zijn weg en een ritme zoekt. Zij voelt geen pijn, nog niet, rijdt hem met haar heupen tegemoet, al voelt het of de huid binnen in haar los kan scheuren.

Alles zal instorten. Haar leven, het zijne. Ze is echt te droog. Ze probeert haar lichaam dood te denken, alvast. Het lukt niet, het lichaam weigert. Van binnen voelt ze een oude wond. Ze houdt haar adem in. Manú merkt iets. Hij trekt zich terug, kust haar gesloten gezicht.

Eén keer nog. Eén keer. Manú.

'Doet het pijn?' vraagt hij zachtjes in haar oor en drukt er gelijk een kus op. Ze ontkent. Draait haar gezicht van hem weg, fluistert: 'Nee, nee.' Ze krult haar onderlichaam naar hem op. 'Echt niet.' Het kind beweegt in zijn slaap en zucht met een fluitachtige toon. Manú is afgeleid. Zijn geslacht zweeft boven dat van haar, ze ziet het niet, het is te donker. Ze steekt een hand in de ruimte tussen hen, neemt hem vast, haalt hem moeiteloos over. Het kind is stil. Hij duikt weer in haar. Het is niet droog meer. Wondvocht. Een nacht voor een leven. Ze gaan nu door, zijn ritme voert hen omhoog. De pijn neemt toe. Ze ademt met korte stoten. Als ze begint te gillen, trekt hij zich uit haar terug. Ze heeft spasmen. Hij sist zacht: 'Sh! Sh! Jessye!', houdt haar vast tot ze stil ligt, stil is.

Daarna gaan ze door tot ze uitgeput zijn, tot een warme stroom sperma over haar dijen vloeit.

I

'Een woekering,' legt Stans uit en veegt een haarlok uit haar gezicht. 'Een verheven woekering.' Jessye knikt, ze weet al veel. Na haar eindexamen heeft ze de oude cursus van haar moeder doorgenomen. Tot vervelens toe. Op een paar ontbrekende hoofdstukken na kent ze de theorie nu wel uit haar hoofd.

'En die kun je weghalen, zo moeilijk is dat niet, maar mij is dat te link. Voor hetzelfde geld komt 't tienvoudig terug. Als cliënten het vertrouwen verliezen dan willen ze je niet meer.'

'Dus?' Jessye trekt een sleetse, donkerbruine boodschappentas op wielen over het geasfalteerde wandelpad.

'Cliënten spreken elkaar en dan weet gelijk iedereen het. Dat moet je niet hebben.' Stans schudt haar hoofd.

'Verwijzen?'

Bij de oude flats worden auto's nog altijd geweerd. Fietsen worden gestolen, niet alleen uit de rekken, maar ook uit de kelderboxen. Flatbewoners, afkomstig uit de oude koloniën en *survivors* uit alle windstreken, vervoeren hun boodschappen graag lopend, in een degelijke tas op wielen. Die van Jessye bevat het gereedschap, de zalven, ontsmettingsmiddelen en verbanden die nodig zijn bij de uitoefening van haar toekomstige beroep. Haar wangen trillen bij elke stap. Ze zucht. Ze is stagiaire bij haar moeder.

'Verwijzen en duidelijk uitleggen waarom.' Stans is klein en onopvallend, heeft dik blond haar waar ze veel mee experimenteert, maar is ondanks haar middelbare leeftijd een vlotte verschijning.

7

Het is voorjaar en er waait een milde bries. Het gras heeft een eerste maaibeurt gehad. De onderdoorgangen van de flats zien er opgeruimd uit. Kartonnen dozen, lege blikjes, patatbakjes, verpakkingen van fastfood die in de winter nat op de straten kleefden, zijn drooggewaaid, door de wind gegrepen en onder de uitgelopen struiken geblazen.

Stans doet haar leesbril op terwijl ze een briefje uit de zak van haar zomerjas vist. Ze raadpleegt het cliëntenlijstje dat ze 's morgens heeft gemaakt.

'De volgende is invalide. Toch een likdoorn opgelopen. Kan je oefenen, hij voelt niet veel. Pitmesje elf. Ik zeg 't je alvast, anders merkt hij dat je weinig ervaring hebt. Ik geef 't je wel aan.'

Meneer Kolff bewoont een galerijflat dicht bij de lift. Als de lift defect is, kan hij met zijn rolstoel dagenlang de deur niet uit. Hij lacht erom.

'Ik ben zuinig met m'n voetstappen,' beweert meneer Kolff, waarbij hij knipoogt en zijn kleine tanden bloot grijnst. 'Vooral met de linker!' Jessye klapt het pedicurekrukje uit en onderzoekt de voeten van meneer Kolff. Hij informeert naar de kapsalon.

'Dat was geen doen meer. Door de sloop verhuisden alle klanten,' legt Stans uit. Ze weidt uit over het faillissement.

Op de hiel van meneer Kolff vindt ze de likdoorn. Stans geeft het mesje aan en kijkt bij het snijden. Omdat ze iets te diep snijdt ontstaat een wondje dat begint te bloeden en meneer Kolff lijkt het inderdaad niet te merken. Jessye werkt rustig verder tot ze de pit eruit heeft. Stans reikt haar bijtijds een ander mesje aan. Meneer Kolff luistert als Stans het hele verhaal uit de doeken doet, over de rij mensen die op het bankje naast de winkel wachtten om hun haren te laten knippen, de nagels te laten vijlen. 'En er werd naar ze geluisterd,' besluit Stans.

8

'Dat is minstens zo belangrijk,' bevestigt meneer Kolff.

'Mam?' Jessye trekt de tweede en derde teen wat van elkaar en wijst een gelige, verharde plek aan.

'Hm.' Stans knijpt haar ogen samen en zoekt in de jaszak naar de leesbril.

'Nu helpt u de mensen thuis?'

Ze knikt, ook naar Jessye. 'Jessye is bijna klaar met de opleiding.'

Meneer Kolff uit zijn bewondering voor haar veerkracht en ze ontvangen een bescheiden fooi. De rekening wordt door de zorgverzekering betaald.

'Het is voor die mensen niet alleen die likdoorn, hè,' doceert Stans als ze weer op het maaiveld staan. 'Even gezelschap, aandacht.'

De wijk, die Stans en Jessye bewonen als een reservaat, wordt voornamelijk bepaald door grote flatgebouwen. De flats werden ontworpen in de vorm van een honingraat en gebouwd in tijden van woningnood en grootse idealen. Auto's werden over vrijliggende wegen op betonnen pilaren geleid en in parkeergarages verstopt. Rondom de flats en onder de autobanen op pilaren die dreven werden genoemd: parken, plantsoenen, waterpartijen, kinderspeelplaatsen en landelijk slingerende paden van asfalt.

Dat het stadsbestuur onze flats te kolossaal vindt, zit hem niet in de hoogte maar in de lengte, beweert haar vader steevast. Als kind leken de bomen in de honingraatvormige plantsoenen haar een stuk hoger dan de flat waarin zij en haar ouders woonden.

'Daar kijken ze soms de hele dag naar uit. Aandacht moet je gewoon inplannen.'

2

Ze steken een grasveld over, nemen een onderdoorgang en een lift. Op vierhoog woont Shirley: hamertenen, droog kroeshaar.

'Voetschimmel,' sist Stans nog voordat de deur open gaat.

Jessye draagt latexhandschoenen als Shirley in de badkamer op een prettige stoel voor de spiegel heeft plaatsgenomen en uit haar winterse bontslippers glijdt. Shirley kirt gelukzalig als Stans haar haren wast. Stans buigt voorover, werpt door de leesbril een korte, scherpe blik op de tenen, grijpt in haar tas en geeft Jessye een hamer-aambeeldtang aan. 'Maximaal drie millimeter vanaf het nagelbed, niet meer.'

'En Patty dan?' vraagt Shirley.

'Terug naar Paramaribo, met haar man en zoon,' zegt Stans.

'Wat gaat ze doen?'

'Weet ze nog niet. Het is weer goed tussen haar en d'r man. Dat is 't belangrijkste.'

Jessye desinfecteert de voet en zet de tang in een dikke nagel. Ze weet vrij zeker dat haar moeder het gezin van haar oudste dochter liever definitief gebroken had gezien.

'Vooral voor de jongen, natuurlijk,' zegt Shirley.

'Hoe wil je het hebben?'

'Kort.' Met haar handen geeft Shirley aan hoe kort. 'Bovenop iets langer.'

'Zoiets?' Stans neemt de gebaren van Shirley over om te laten zien dat ze het begrijpt.

'Ja. Maar dan hier breed.' Hun handen zweven boven Shirleys hoofd. Stans drukt het uitstaande haar in de vorm waarin ze denkt te knippen. Ze nemen de tijd. Stans is erg goed met creools haar. Het knippen gaat razendsnel.

Als Jessye de voetzolen met schimmelbestrijder bestrijkt, hoort ze Stans uitleggen waarom het nieuwe inferno zo'n duidelijk teken voor haar is.

'Duivelse krachten,' beaamt Shirley met schorre stem, 'hebben die vliegtuigen de wolkenkrabbers in gestuurd.' Ze kijkt met angstige ogen naar Stans. 'En niet voor de eerste keer!'

Stans knikt plechtig. Dat is precies het punt dat ze bedoelde te maken. Ze vallen even stil.

'Ik heb het bestuur gezegd dat ik er klaar voor ben.'

Shirley knikt met haar fris gekapte hoofd, onder de indruk van Stans' strijdlust.

'Voor de missie dus,' verklaart Stans.

'Uiteraard,' zegt Shirley.

'Weet je al wanneer je vertrekt?' vraagt Jessye.

Ze lopen op het maaiveld. Stans gebaart de richting die ze moeten nemen nadat ze het cliëntenlijstje weer heeft geraadpleegd.

'En weet je waar je heen gaat?' Jessye volgt Stans en trekt de kar.

'Nee. Dat hoor je op het laatste moment. Waarschijnlijk Ghana of Indonesië.'

Toen ze nog op school zat, hielp ze elk vrij moment in de kapsalon van Stans. Eerst veegde ze de geknipte haren in de hoek en zorgde voor koffie en fris, later mocht ze extensions invlechten. Maar door het faillissement leek het zinloos haar aan de kostbare kappersopleiding te laten beginnen. Stans besloot dat ze pedicure moest worden. De opleiding was schriftelijk te volgen en als stagiaire kon ze meteen aan de slag.

'Dat is toch vreemd,' zegt Jessye. 'Dat je het nog steeds niet weet.'

'Nee nee, dat is niet zo.' Stans blijft staan. Als Jessye met de kar langszij komt, werpt Stans een verstrooide blik op haar. 'God stuurt je naar de plek waar je nodig bent.' Ze haalt haar schouders op. 'Het kan me trouwens weinig schelen waar ik heen ga.'

'Dus als jij weg moet?'

'Dan neem je het over. Je bent handig genoeg. Je bent langzaam maar geduldig. En heel betrouwbaar.'

3

In de tijd dat Jessye's vader en moeder elkaar ontmoetten, was Harry Dorna een rossige, robuuste kerel. Hij was vrachtwagenchauffeur met een vaste betrekking bij het internationaal transport. De verkering van haar ouders had enkele dagen of nachten geduurd. Toch had Harry Stans op de man af gevraagd hoe het zat toen hem een half jaar na die enkele dagen of nachten het gerucht bereikte dat ze zwanger was. Hoewel Stans antwoordde het niet te weten, was Harry in de buurt gebleven. In het wezentje, dat na een moeilijke geboorte ter wereld kwam, herkende hij de trekken van zijn eigen moeder. Hij haalde haar van de crèche als hij een dag vrij had. Stans vond het prima want Stans had Patty. Patty was het gevolg geweest van een nacht met een Surinaamse minnaar. Het meisje zat net op de middelbare school toen Jessye geboren werd. Ze had een slank lijfje met een volwassen cupmaat, grote bruine ogen, een gave honingkleurige huid en glanzende donkerbruine krullen. Vijf jaar later, toen Patty zwanger met haar vriend, Jaden, naar Suriname vertrok, zag Harry kans haar oppastaken over te nemen. Hij trok in bij een Hongaarse bekende van hem met een ruime galerijflat, schafte een Mercedes aan en kocht zich in bij de taxicentrale. Samen met een pluizig wit hondje dat hij voor Jessye kocht, stond hij haar bij school op te wachten. In alles was Jessye het tegendeel van Patty. Stekelig rossig haar, een doorschijnende huid en altijd last van uitslag of rode vlekken.

Jessye is bijna achttien. Afgezien van haar neusje dat klein en benig bleef, is het rechte kinderlijf gezwollen als rijzend deeg. Botten en spieren verdwenen onder een vlezige bekleding. Haar benen werden boomstammen maar haar borsten bleven plat. De metamorfose had ze aandachtig en ongelukkig gevolgd en ze had geweigerd zich de haren te laten knippen sinds ze had gezien dat ze als vrouw vormeloos zou blijven. Fletse, koperkleurige stekels groeiden uit tot lange, harde paardeharen die ze los draagt. Het losse, steile haar omhult haar als een schild van dof koper.

Ze heeft een vriendje. Hij heet Ronald, een dikkige jongen met een blozend gezicht, kort, lichtbruin haar en een zelfverzekerde manier van doen. Ze kenden elkaar van een zomerkamp van de Pinkstergemeente en de jongen had weer contact gezocht via het jongerennetwerk van de kerk. Wanneer ze elkaar terugzien, vindt hij dat ze goed bij elkaar passen. Hoewel zij eerst nog aarzelt, blijft hij aandringen. Het lukt hem haar voor zich te winnen met zijn zelfvertrouwen en daadkracht en zijn speciale aandacht voor haar. Zij vindt het prettig dat hij iets dikker is dan zij en ook iets langer.

'Jij bent bijzonder,' verzekert hij haar geregeld, 'omdat je zo gewoon bent.'

Op de avond voordat ze achttien wordt, reist Ronald twee uur om haar te zien. Het zijn snikhete, zomerse dagen. Van Stans moet Ronald op de bank slapen.

Vroeg in de morgen, Ronald wil de eerste zijn die haar feliciteert, gaat hij op de rand van haar bed zitten. Ze slaapt nog. Hij ziet de aderen onder de blanke huid en spant zich in om haar lichaam te bestuderen alsof het een landkaart is. Voorzichtig tilt hij het laken op en ziet haar blote buik onder een topje, een slipje dat veel kleiner is dan hij zich had durven voorstellen, rossige plukjes die eronder vandaan komen, stevige bovenbenen. Hij slaat het laken terug, drukt zich tegen

haar aan en wrijft zijn harde geslachtsdeel tegen haar bovenbeen. Jessye wordt wakker met zijn zwetende gezicht kreu-
nend in haar hals. Het lijkt of hij huilt.

Ze maakt zich los uit de lakens, staat op en negeert zijn
schaamte. Zelf voelt ze er niets bij, geen afkeer, geen interesse. 'Ik ben jarig,' zegt ze, waarop Ronald haar slaapkamer
verlaat en terugkomt met een groot pak in zijn armen. Het is
een hemelsblauwe tas van canvas op bijzonder stevige wieltjes, voor haar gereedschap en verbanden.

4

Als Jessye en Ronald tussen de flats door naar het park lopen, spreekt Ronald voor het eerst over hun toekomst samen, over zijn ambitie de kinderloze oom op te volgen in de ijzerwinkel die nog van zijn grootvader is geweest en over een kleine etage boven de winkel die binnen zekere tijd vrijkomt. Naarmate ze het park naderen, raken de wandelpaden drukker, maar de woordenstroom waarmee Ronald het leven schetst in zijn dorp, onderbreekt hij niet als ze soms even achter elkaar moeten lopen om voorbijgangers te laten passeren. In de weekeinden van de zomervakantie vindt in het park een festival plaats dat ooit ontstaan is rondom een voetbaltoernooi. Inmiddels wordt de sport gedomineerd door muziek, Afrikaans en Caribisch eten, het hele feest dat erbij was gaan horen en waarvoor Ronald weinig interesse toont.

'Je ziet, nou ja, hoort, ruikt, dat iedereen op iets uit is,' zegt Ronald.

Jessye kent geen dorpen. De gedachte aan een dorp of een plattelandsgemeente maakt haar onrustig.

'Er hangt een hitsige sfeer,' concludeert hij.

Ze lopen tussen witte festivaltenten met hoge nokpalen in het midden, de tentdaken als plechtige feestmutsen. Mannen dragen gloednieuwe T-shirts met opdruk in felle kleuren, ze dragen gouden kettingen om hun hals en gouden horloges om hun pols. Zij vindt het mooi. De mensen ruiken naar vers katoen en kokos. Bij Jessye, die zijn afkeer aanvoelt, groeit een tegengesteld verlangen. De wil om deel te zijn van deze wereld met stampende muziek, opgewonden gegil, flanerende meisjes met hun lijven precies zichtbaar in strakke rokjes en truitjes en kleurige doeken geperst. Zwierige vrouwen tonen hun nieuwste goed, jongens slenteren met de handen in hun broekzakken. Mensen vragen haar, door de harde muziek heen, hoe het met Stans gaat en waarom de kapsalon dicht is.

Marithza, een lichtbruin Arubaans meisje met sproeten, roept in Jessye's oor dat ze had gehoord dat de zaak gesloten was op verdenking van cocaïnehandel door Patty. Jessye schiet in de lach. Naast Marithza staat een donkere jongen die ernstig naar Jessye kijkt. Het volume van de muziek wordt opgevoerd, de bastonen van de reggae dreunen door haar lijf. Ze schettert dat het cocaïneverhaal met Patty echt onzin is.

Eén kort moment kijkt ze opzij, in de ogen van de jongen die naast Marithza staat. Met zijn hand gebaart hij een groet. Ze schat hem halverwege de twintig, hij is niet lang, glimt van het zweet, draagt voetbalkleren en kicksen.

Marithza buigt zich weer naar het oor van Jessye en roept: 'Mijn neef Manú. Zijn elftal staat twee punten voor.' Ze wijst naar haar neef. 'De gemeenste speler die ik ken.'

Bij Jessye breekt een lach door terwijl ze nog eens naar de jongen kijkt. De jongen lacht ook, om Marithza, kennelijk weet hij wat ze zegt. Voor het eerst die dag voelt ze zich speciaal en jarig.

Dan neemt Ronald haar arm klemmend vast, groet afgemeten en trekt haar met zich mee. De ogen van de voetballer volgen Jessye, die zich verbaasd omdraait en meegaat. Ronalds aanwezigheid was haar even ontschoten.

Ze voelt hoe haar huid de blikken van Marithza's neef opvangt; tintelend, de jeuk van opkomende rode vlekken op haar armen, borst en in haar gezicht.

Als Ronald die avond van haar verjaardag in de metro stapt naar het station om terug te reizen naar zijn dorp, is er iets wat hem dwarszit. Ze mailt hem direct nadat hij vertrokken is dat ze hem aardig vindt en zo, maar dat ze niet veel om hem geeft.

Dat het geen zin heeft elke week zo ver te reizen om haar te zien. Hij hoefde geen moeite te doen haar op andere gedachten te brengen.

5

Als veertienjarige kreeg Jessye interesse voor bepaalde beweringen die haar in strijd leken met het Pinkstergeloof van haar moeder. Dat je *nee* mag zeggen als iemand iets van je wil dat jij niet wilt; dat je op je gevoel moet vertrouwen; dat je je *eigen keuzes* mag maken en *daardoor* iemand wordt; dat je kunt bereiken wat je maar *wilt*. Dat als je iets *echt wilt*, het *gaat gebeuren*. En dat je kunt worden *wie je wil zijn*. Berichten van een andere planeet, afgedrukt in tijdschriften die gewoon bij Stans op de kaptafels liggen. Ze scheurt ze uit en bewaart ze in een doos onder haar bed om steeds opnieuw te lezen, als mantra's.

In de oude stad bezoekt ze een winkel voor travestieten waar ze een sterk voorgevormde beha koopt. Ze hoopt het een beetje te laten welven boven de lage hals van haar mouwloze bloesje. In het lange haar wrijft ze glansmiddel van een kwaliteit die alleen kappers tot hun beschikking hebben. Een kleurige doek, alle meisjes op het festival dragen dit jaar zoiets, knoopt ze vast op de heup over een kuitlange legging van kant. Op haar plastic teenslippers prijken oranje bloemen.

Je kan de persoon worden die je wil zijn. Iets willen is een gevoel waarop je moet leren vertrouwen.

Ze neemt de kappersschaar uit haar werktas en knipt het haar boven de ogen af. Als de rossigbruine wenkbrauwen onder de pony verdwijnen, ziet haar gezicht er open, minder zorgelijk uit. Ze besluit te epileren en begint aan de bovenkant te plukken totdat er een boogvorm ontstaat. Met de symmetrie heeft ze geen moeite. Het doet haar niets dat er door het trekken bloed meekomt en haar huid geïrriteerd en vlekkerig raakt.

'Yes, Jessye,' zegt ze tegen zichzelf. 'Yes!' Want dat heeft ze ook uit een tijdschrift; de Amerikaanse formule tot succes; jezelf toelachen en bevestigen in de spiegel.

Als ze Harry's flat verlaat, weet ze precies waarvoor ze terug wil naar het festival. Maar als ze het festivalterrein nadert, de geur van verschroeid vlees haar tegemoet waait en de bonkende brei van verschillende ritmes haar lijf binnendringt, weet ze het niet meer zo zeker. Toch loopt ze door, begeeft zich op de houten plankieren tussen de tenten, langs zwetende mannen die hun kippepoten en karbonades zorgvuldig keren maar nors aanprijzen, ze passeert meisjes die hooghartig kopers afwachten voor hun peperdure rastabreisels en draalt langs de twee centraal gelegen voetbalvelden.

'Hé daar, mooi meissie, jij komt hier voor de tweede keer langs, wat zoek jij?'

De jongen staat langs de afrastering van het voetbalveld, met een plastic bordje in de ene hand en kluivend aan een kippeboutje dat hij in de andere houdt. In zilveren lijnen staat op zijn T-shirt een man getekend met een pistool gericht op de toeschouwer, op haar. Hij draagt een spiegelende zonnebril.

Ze voelt dat ze rood wordt en begint over vrienden die met trein en metro van ver moeten komen maar vertraagd zijn, dat hun beltegoed op is. Hij knikt begrijpend.

'Mag ik jou helpen?'

Ze haalt haar schouders op. Daar had ze niet aan gedacht.

'Dus jij weet niet of ze er al zijn? Gaan wij samen zoeken?' Hij veegt zijn vette kluifhand en kin af aan een papieren servet en gebaart, zonder haar reactie verder af te wachten, in welke richting ze beginnen met zoeken. Lenig beweegt hij zich tussen de mensen door en kijkt niet om of ze hem volgt.

Als er voldoende ruimte is om naast elkaar te lopen, wacht hij op haar.

'Gisteren hebben wij gewonnen, weet je. Twee keer gescoord.'

Ze trekt een wenkbrauw op.

'Ik! Ik heb nog twee keer gescoord!' Hij grijnst. 'Goed, toch?'

Ze lacht.

'Schaafijs?'

Ze schudt haar hoofd van niet. Hij merkt het niet op.

'Oranje?' Hij staat al voor het kraampje met schaafijs.

'Past bij je kleren.' Hij grijnst weer en telt het kleingeld uit dat hij opdiept uit zijn broekzak. Ze tuurt om zich heen.

'Met hoeveel zijn ze en hoe zien zij eruit?' vraagt hij als hij haar het ijs aangeeft. 'Zijn ze zo wit als jij?'

Het ijs smaakt fris en zoet. Ze knikt en lacht weer, steekt vier vingers in de lucht.

'Dan moeten wij ze mákkelijk vinden.'

Hij kent veel mensen, schudt handen, loopt het terrein met haar af terwijl hij naar meer details over het uiterlijk van haar vrienden informeert en de richting waar ze vandaan kunnen komen. Ze blijft vaag in de persoonsbeschrijvingen. Ze passeren een groepje Surinaamse indianen die zich trommelend voorbereiden op een dans met om hen heen een haag van vrouwen in poncho's die de verentooien van de dansers schikken.

'Ik geloof echt niet dat ze er zijn,' zegt hij als ze het hele festivalterrein afgelopen hebben. Jessye weet het. Ze kijkt hulpeloos naar hem op.

'Oké, laten wij gaan wandelen bij de bomen, mooi lief meisje. Hoe heet jij?'

'Jessye-Joyce,' antwoordt ze, 'maar mijn vader noemt me Jessye.' Waarop hij tussen zijn tanden fluit en goedkeurend knikt. Ze denkt aan zijn ogen die ze niet kan zien vanwege die zonnebril.

'Dat is een mooie naam voor een mooi meisje. Ik heet Manú.'

Hij neemt haar mollige, grote hand in zijn donkere, droge handen. Zo lopen ze verder, onder de bomen van het park waar geen kraampjes meer staan. Er is een klein veldje waar jongetjes een balletje trappen. Op de grond liggen schillen van watermeloenen, lege flesjes van Breezers, platgetrapte lege blikjes bier en fris. Dan staat Manú stil, zet peinzend zijn zonnebril af, kijkt met zijn prachtige ogen donker om zich heen en zegt: 'Wij moeten straks de halve finale spelen.'

'Zal ik komen kijken?'

Manú blijft donker kijken. 'Ik ga jou morgen bellen.'

Ze geeft hem het nummer van de praktijk.

'Ik vind jou lief,' zegt Manú nog. Hij draait zich om en beent soepel weg, heft zijn arm op voor hij in de drukte verdwijnt en Jessye achterlaat tussen de bomen. Ze zwaait terug.

6

Het duurt vier dagen voordat Manú haar belt. In die vier dagen wast ze elke ochtend haar haar, wrijft er van alles in, trekt nog meer haartjes uit haar wenkbrauwen, elke dag, tot er geen haartje meer overblijft en ze begint te oefenen in het tekenen van twee dunne, symmetrische, onverschillige lijntjes.

Als Manú eindelijk belt met 'Hé, mooi meisje, waar ben jij? Mag ik jou zien?', is ze onderweg naar Harry en loopt ze langs een afgezet terrein waar de sloop van een flat in volle gang is, de hemelsblauwe pedicuretas achter zich aan rollend.

'Tuurlijk,' antwoordt ze, maar zijn reactie verstaat ze niet. Vrachtwagens met puin rijden het bouwterrein af. 'Ik ben vrij,' zegt ze nog, 'en onderweg naar huis.' De verbinding valt weg. Als ze de sloopflat gepasseerd is, probeert ze terug te bellen.

'Tosti's bakken?' vraagt Harry als ze zijn woning binnenloopt. Hij rommelt in de keuken. Ze hebben dezelfde smaak voor vette, volkse gerechten. Scherpe worsten en ham uit de Spaanse winkel, haring van de kar.

'Wat ga je in die nieuwe bak doen, Harry?' Dikke platen glas leunen tegen de wand in de gang. Hij lijmt zijn aquaria zelf in elkaar.

Ze frutselt aan de pony van haar kapsel en kijkt verstrooid naar de tosti's die Harry op bruinglazen borden naar de kamer brengt. Harry loopt voorzichtig, hij lijdt aan kwalen die hij heeft opgelopen tijdens de ramp met de Boeing.

De ramp vond plaats op een herfstavond, dierendag, ze was zeven jaar oud toen de helse klap door de wijk daverende. Een

Boeing had zich in een van de flats geboord. Harry had haar net afgeleverd bij Stans en was met het pluizige witte hondje onderweg naar zijn flat. Op de plek van de ramp woedde een onvoorstelbare brand.

Hij bond het trillende beestje aan een boom en begon krijsende mensen van balkons te halen, gewonden te verslepen naar een veilige plek. Een week lang zat Jessye op de bank televisie te kijken want de school was gesloten en elk uur was er een uitzending over de ramp die hun wijk over de hele wereld bekend maakte. Honderden doden werden gevreesd maar na tien dagen zoekwerk bleven drieënveertig vermisten over, volgens de autoriteiten een mirakel in verhouding tot de omvang van de ramp. Dat kwam wat Stans betrof, door het intense afsmeken van genade en wonderen door haar en andere leden van de Pinkstergemeente. Toch hadden zij met hun gebeden niet kunnen voorkomen dat bij de brand een giftige damp was vrijgekomen, waaraan als eerste de Surinaamse zangvogeltjes stierven in de flats rondom de plek van de ramp. Drie weken later begonnen de honden te kwakkelen, kregen bulten of vielen zomaar dood neer.

'Ze wil niet naar het park, mam, als ik haar meetrek gaat ze jammeren,' zei Jessye, 'en haar neus is droog.'

Stans wierp een blik op Fluffie. 'Morgen is het over,' zei ze. Jessye rolde het hondje voorzichtig op de rug. Ze aaide de kleine buik, donkerroze als van een marsepeinen varkentje en veel te warm.

'We moeten voor haar bidden!' zei ze beslist, toen de volgende ochtend op het buikje bulten zichtbaar werden en het diertje ook niet meer wilde drinken. Onzin, vond Stans, bidden voor een hond! Toch bad Jessye de hele dag door, het dagelijks kindergebedje, stil en in zichzelf. En ook: 'Alstublieft lieve God, laat u Fluffie niet doodgaan.'

's Middags na school deed ze Fluffie, die nog één keer om haar kwispelde, in een tas en droeg het hondje voorzichtig naar Harry's flat. Harry lag in bed, hij had een longontsteking opgelopen maar toen hij Fluffie zag liggen in de tas, trok hij zijn kleren aan, uiterst langzaam om niet te vallen, en nam Jessye en de tas mee naar de dierenarts. De dierenarts vroeg waar het hondje zich bevond toen de Boeing neerstortte, tilde Fluffie op de tafel die naar ontsmettingsmiddel rook, draaide het diertje op de rug en gaf het na vluchtig onderzoek onmerkbaar een spuitje.

Harry bleef na de ramp last houden van hoofdpijn, vergeetachtigheid en een mate van vermoeidheid die zijn leven bedierf. Eerst werkte hij niet meer in de avond- of nachtdienst. Daarna deelde hij een tijdlang zijn taxi met een andere chauffeur en toen de auto versleten raakte en aan vernieuwing toe was, kocht hij geen nieuwe maar draaide invaldiensten voor collega's.

'Ik kan een school haaimeervallen krijgen, jonge beessies nog. Mooi om mee te kweken. Kom jij langs het winkelcentrum?'

'Nautiluskreeftjes?'

'Liever gevriesdroogde garnalen en anders tubifex.'

'Hoe groot worden die haaimeervallen eigenlijk?' vraagt ze als ze opstaat om de borden naar de keuken te brengen.

Harry geeft de grootte met zijn handen aan.

'Tjeezus, dat is veel te groot. Die horen in Artis!' Ze verdwijnt in de badkamer waar ze kwistig mascara op haar wimpers borstelt en haar bloesje open knoopt om de opgedrukte borsten te inspecteren. Manú belt. Hij vraagt waar ze is.

'Thuis. Het lukte niet om terug te bellen.'

'Gebeurt wel vaker. Is geen goeie mobiel, dit. Waar is thuis?'

Ze noemt Harry's flat. 'Ben jij alleen soms?' vraagt Manú.

'Nee,' zucht ze. 'Zal ik naar beneden komen?' Haar hoofd wordt klam.

'Over een kwartier, ben jij er dan?'

7

Ze leunt tegen de glazen pui van het portiek. Het is warm en het motregent een beetje. Na een halfuur komt Manú zwaaiend aankuieren.

'Gaan wij weer lopen, meisje?'

'Hebben jullie gewonnen?' Manú kijkt verbaasd.

'Jullie elftal.'

Hij trekt een bedroefd gezicht. 'Tweede. Met penalty's verloren. Is bitter, man, gewoon pech, we hebben het hele toernooi bovenaan gestaan en dan verliezen met penalty's! Gewoon pech.'

Ze schiet in de lach om dat 'man' maar kijkt snel weer ernstig. Hij loopt een tijdje naar zijn schoenen te staren, kennelijk in gedachten bij het vernederende einde van de wedstrijd. Dan haalt hij zijn schouders op en pakt haar hand.

'Mogen wij zoenen, meisje?'

Ze zegt geen nee.

'Het regent, kunnen wij ergens heen?' vraagt hij.

'Ik weet wel een plek.' Ze wijst naar het portiek waar ze vandaan komt.

'We hebben een berging,' zegt ze en werpt Manú een blik toe die ze geoefend heeft voor de spiegel. Manú lacht verrast, een diamantje schittert in zijn voortand. Hij laat zich loodsen door de hand die hij zelf heeft vastgepakt. De gang is schemerig verlicht, Harry's berging is halverwege de gang. Terwijl Jessye een sleutel in het slot steekt en vlot probeert te openen, omvatten zijn handen haar borsten. Ze verstart, de welvingen boven de push-upbeha zijn alleen om naar te kijken. Als de deur open is, draait ze zich naar hem toe en kust hem op zijn lippen. Zoveel initiatief had Manú niet verwacht. Zijn handen, die van haar borsten glijden, vinden haar billen. Door een bewegingsmelder springt een oranje lampje in de kelderbox aan. Ze duwt de deur dicht en Manú drukt haar ertegenaan. Het overgebleven meubilair uit de kapsalon is lukraak in de berging neergezet. Er is niet meer dan een vierkante meter bewegingsruimte, die Manú weet te benutten.

Ze was eerder gezoend, door Ronald, maar nooit zó. Een slapte in haar benen en een ongekende hunkering in haar onderlichaam overvallen haar. Als Manú haar been omhoogtrekt en haastig bij haar binnendringt, onderdrukt ze een angstschreeuw. Hoewel ze het gevoel heeft doormidden gekliefd te worden, brengt ze alleen gekreun voort. Tegelijk met de pijn voelt ze een genot aanzwellen bij elke beweging die hij maakt. Maar hij houdt op en slaakt een zucht voordat de belofte van verrukking wordt ingelost.

Het oranje lampje floept uit. Ze staan in het donker tegen de deur geleund totdat Manú uit haar glijdt, haar been naar de grond laat zakken en zijn broek omhoogtrekt. Haar gezicht gloeit op in het weer aangefloepte oranje schijnsel.

'Gaat het, meisje?' vraagt Manú. Hij kijkt haar niet aan maar frunnikt aan de rits van zijn broek.

Ze knikt. Het schrijnt in haar onderlijf. Zijn spoor kan ze tot diep van binnen volgen en ze voelt met haar hand of ze bloedt.

'Gaat wel,' antwoordt ze. Traag trekt ze haar rok naar beneden en strijkt hem strak over haar heupen. Hij grinnikt om haar, opent de deur van de berging, steekt zijn hand op en wandelt ontspannen maar met vaart de gang in. 'Tot ziens meisje, ik bel jou!' roept hij over zijn schouder en verdwijnt uit zicht.

Ze blijft in de kelderbox zitten staren naar het lampje. Als het lichtje dooft, beweegt ze haar hand. Het verlangen naar extase, daar waar het nu zo schrijnt, is nog niet verstomd hoewel haar vlees de ruwe wrijving niet veel langer had kunnen verdragen. Ze geniet ervan gewond te zijn, op die manier, en heel, heel langzaam ebt het verlangen naar extase weg.

8

Sinds het einde van de zomer heeft ze niets van hem gehoord. Geen sms'je, geen telefoontje, niets.

Oké. Hij had haar alleen willen zien wanneer het hem uitkwam, daar had ze niets aan kunnen veranderen. En ze had hem eens met een stevig bruin meisje gezien dat ze vaag kende van de salon, ze heette Dahlia. Toch was hij steeds weer komen aanwaaien. Ze had hem niet naar Dahlia of andere meisjes gevraagd. Soms kwam hij om ijs te eten en wat rond te slenteren, te kletsen. Meestal nam hij haar mee naar Harry's kelderbox waar Jessye het salonmeubilair slim had opgestapeld om er meer ruimte te hebben. Ze kreeg hem zo ver dat hij rustiger in haar bewoog. Als hij zich mobiel meldde en 'Hé meisje, waar ben je?' zei met die lage hese stem van hem, opende haar vagina zich als een dorstige mond. Altijd drong hij haastig bij haar binnen. Ze raakte gekliefd, gewond, in vervoering van het stoten diep in een kern die haar vreemd bleef. Ze was in staat geweest hem te dwingen een ritme vol te houden dat kon leiden naar een moment van volmaakte overgave. De stijgende verrukking hield ze zo lang mogelijk bij zich, ze liet het met gesmoorde kreten los. Ze geloofde niet dat Manú het merkte als ze moest huilen. Zijn lichaam was hard en goed geproportioneerd, zijn donkere huid mat. Hij rook fris, mannelijk, kruidig.

Met Manú was ze geen dik, vormeloos meisje. Om dat te weten had ze de pijn van zijn abrupte penetratie nodig. Alsof ze uit de schil van iets knellends moest barsten.

'*Niemand* zeggen, hoor. We mogen het van Manú absoluut niemand zeggen. *Nie-mand*! Ik moet weg, sorry.' Marithza's vlechtjes zwaaien uit als ze zich omdraait.

'Tuurlijk niet, nooit van m'n leven,' zegt Jessye doodkalm, terwijl ze doorstroomd raakt van een intens geluksgevoel.

Het komt niet in Jessye op nog iets te vragen. Waarom hij er zit, hoe lang hij nog moet. Ze loopt verder in een roes van opluchting. Losjes, met gewichtloze benen stapt ze over de paden naar het flatgebouw waar de volgende cliënt woont. Ze is niet gedumpt. Manú schaamt zich. Ze ziet hem voor zich, alléén, in zijn kale cel en stelt zich voor hoe ze hem trouw zal bezoeken, kleine boodschappen voor hem zal meenemen, dingen die hij niet aan zijn familie kan vragen. Hoe ze zich voor elk bezoek speciaal mooi kan maken zoals zij denkt dat hij haar mooi zal vinden en hoe zij, alleen zij bij de poort zal staan als hij vrij komt. Dan overvalt haar de angst dat dit al heel gauw zal zijn. Maar ze heeft tijd nodig.

Er zijn gedetineerden, weet Jessye, die trouwen in de gevangenis.

9

'Kind, wat heb je, ik dacht dat er wat met je gebeurd was.' De huid van mevrouw Vogelbos ziet eruit als droge klei, de pruik zit scheef waardoor het korte haar een bontmutsje lijkt. 'Ik zie je altijd aankomen, weet je.'

Mevrouw Vogelbos heeft een teil laten vollopen. Ze bezit twee pruiken en de pruik die Jessye moet wassen en watergolven ligt boven op de stapel afwas. Het ruikt zoetig in de woning. Ze heeft de indruk dat mevrouw Vogelbos sinds haar weduwschap alleen nog toetjes eet. Huiverend laat de oude vrouw haar voeten in de teil met heet water zakken. Jessye wast de pruik in hoog tempo, wrijft het haar droog met een matig schone handdoek en prikt het vast op een piepschuimen hoofd. Razendsnel werkt ze dunne rolletjes in het haar, trekt de doorzichtige plastic haardroger over het piepschuimen hoofd met de pruik en steekt de stekker in het stopcontact. De haardroger bolt luid blazend op. Ze zal Manú laten zien waar ze toe in staat is. Ze heeft zich nooit eerder zo opgejaagd gevoeld.

Het bedrag voor het haarwerk krijgt ze in de hand. De vergoeding voor de voetverzorging wordt door de zorgverzekeraar van de cliënt gestort op de rekening van een bevriende collega van Stans, ene Wallie, een pedicure die een ambulante praktijk houdt. De collega stort de verzekeringsgelden op de rekening die voor Jessye's achttiende geopend werd, om voor het examen te sparen.

Ondanks haar dagelijkse inspanningen zich aantrekkelijk te maken voor het geval Manú op zou duiken, was ze zich toch weer dik, bleek, overbodig gaan voelen. Nu keert het gevoel van eigenwaarde resoluut terug. Ze weet zeker dat hij naar haar verlangt, dat ze goed is. Precies goed.

Op de zoekmachine van de computer vindt ze een telefoonnummer van de gevangenis. Ze krijgt een telefoniste aan de lijn die haar uitlegt dat een afspraak uitsluitend op verzoek van de gedetineerde kan worden gemaakt.

'Maar,' zegt Jessye, 'mijn vriend weet niet dat ik hem wíl bezoeken.'

'Dan heeft het geen zin. De gedetineerde geeft zelf aan wie hij wil zien. Bij zijn opname heeft uw vriend een lijst ingevuld met namen en als u daar niet op staat, tja...'

'Kunt u hem vragen mij op de lijst te zetten?'

'Nee,' antwoordt de telefoniste, 'dat zal niet gaan.' Het gesprek wordt beëindigd. Een ogenblik staart ze naar het telefoonschermpje en drukt op de repeattoets. Het is dezelfde telefoniste.

'Maar, maar...' Haar stem klinkt gesmoord. 'Ik ben zwanger. En hij weet het niet. Ik weet niet wat ik moet doen... als... als ik niet met hem kan praten.'

Na een korte stilte is de telefoniste bereid het uit te leggen: 'Schrijf hem een brief, een papieren brief, dan kan hij je uitnodigen voor een bezoek en daarna komt het wel goed.' Ze geeft Jessye het adres.

Ze laat zich op de kunstleren bank vallen. Ze wordt rustig. Dat van de gevangenis en haar zwangerschap lijken op iets wat ze gefantaseerd heeft. Haar ongesteldheid is twee maanden weggebleven maar ze is niet bang. Het moet van de laatste keer geweest zijn. Stans was al weg naar Indonesië toen Manú met Jessye mee naar boven kwam. Aan de keukentafel hadden ze zitten praten over van alles en nog wat, met de warme nazomerzon op hun gezichten. Onwennig had hij zijn handen op het bloemige plastic tafelzeil gelegd en verteld over zijn jeugd op Aruba. Ze hadden gelachen en voor het eerst gevreeën bij daglicht, op een bed. Eindelijk was ze in de gelegenheid zijn geslacht, dat als een donkere boomstronk uit hem oprees, uitgebreid te bekijken. Langzaam en aandachtig was het gegaan. En hoewel ze hem moeilijk iets kon weigeren, had ze haar beha niet uit willen doen.

> Lieve Manú, van Marithza kwam ik te weten waar je bent. Omdat ik me al drie maanden afvraag waar je blijft ben ik opgelucht dat ik weet dat je leeft en waar je bent en waarom je niet reageert op mijn berichtjes. Mij maakt het niet uit waarom je er zit. Marithza heeft niets gezegd. Ik wil je zo graag weer zien en er is ook iets dat ik je moet vertellen. Als jij mij op de bezoekerslijst zet dan mag ik bij jou op bezoek komen. Doe je het?
> XX Jessye

Eerst schrijft ze alles op een kladblaadje en slijpt de zinnen bij. Als ze de gewogen zinnen afgepast en in het net op een ansichtkaart van Harry heeft geschreven – er staan twee sluierkempvissen in volle kleurenpracht op – houdt ze de kaart nog enige tijd bij zich. Het bericht zal in een heel negatieve omgeving worden ontvangen en ze wil het zo positief mogelijk instralen. Dat doet ze door zich positieve reacties voor te stellen bij de ontvangst. Als ze gaat slapen legt ze de kaart bij zich in bed. De volgende dag steekt ze de kaart in een rode envelop en houdt die bij zich. Met moeite kan ze het warme papier losmaken uit de nabijheid van haar lichaam om de kaart nog vóór de avondlichting te posten.

Of ze komt helpen in een bejaardentehuis, vraagt Wallie, de behulpzame collega van Stans.

'Wat je moet doen? Vrij gewone dingen. Door bezuiniging in de ouderenzorg komen we steevast te laat, dus nagels knippen en gelijk ontstekingen ontsmetten. Ze zitten de godganse dag, niemand merkt hoe slecht ze lopen. Vertrouwen winnen kost de meeste tijd.'

Wallie heeft een smal gezicht, plompe heupen en loopt op crèmekleurig, orthopedisch schoeisel waarvan ze het agentschap voert. 'Je doet 't handig, hoor,' stelt Wallie haar de eerste ochtend gerust, 'en je bent geduldig met die mensen.'

Als ze gebeld wordt door een medewerkster van de gevangenis om een afspraak te maken met Manú, is het haar zojuist gelukt een wantrouwige bewoonster van de gesloten afdeling de voeten te laten zakken in een lauw voetenbad met soda. Ze herkent het telefoonnummer in het scherm van haar mobiel en haast zich naar de binnentuin van de instelling waar ze een goede ontvangst heeft. Ze krijgt bezoektijd na het weekeinde.

Hoewel ze kort is weggeweest, ligt de vrouw op de grond van de badruimte te spartelen, tussen het toilet en de wasbak. Zij moet uit het voetenbad zijn gestapt. Misschien was ze vergeten waarom ze daar moest blijven zitten of misgegrepen hebben toen ze naar de wasbak zocht voor houvast en ze met haar natte voet op de tegelvloer begon te glijden.

Jessye buigt zich over de vrouw. Haar droge mond hangt open en met grote ogen kijkt ze naar boven. Langzaam schaart ze met één arm, min of meer zwemmend over de vloer, de andere ligt in een vreemde hoek ten opzichte van haar schouderlijn. Jessye sluit snel de schuifdeur tussen de badruimte en de gang. Gedempt dringen doodnormale geluiden van de gang binnen; bejaardenverzorgers die langsrijden met een karretje, onderwijl een hoogbejaarde vermanend of prijzend als een kind.

De oude vrouw is klein, donker en ingedroogd als een dadel. Bliksemsnel realiseert ze zich dat de vrouw niet in staat zal zijn te vertellen wat haar bezielde van de kruk op te staan of uit te leggen wat er daarna gebeurde. Haar angstige blik blijft aan het plafond gekleefd. Jessye aarzelt niet lang en pakt de vrouw stevig beet. Ze let goed op om de vermoedelijk gebroken schouder te ontzien en trekt haar voorzichtig omhoog. De vrouw knijpt de ogen dicht en kreunt. Jessye zet haar op een douchestoel en sluit een beugel waardoor ze niet van de stoel kan glijden of op kan staan. Ze spreekt haar zachtjes toe. De vrouw hangt scheef en een beetje vreemd, hoewel Jessye haar armen op een natuurlijke manier over de armleuningen heeft gevouwen. Het kreunen gaat over in mompelen. Ruw schuift ze het voetenbad onder de stijve voeten en boent ze haastig schoon. Ze moet kracht zetten op de tang om de stugge nagels snel te knippen. In grote haast verbindt ze de ontsteking. De deur schuift open, Wallie steekt haar hoofd om de hoek.

'Koffie?' Jessye knikt. 'Gaat ie goed?' Wallie's moederlijke manier van doen brengt Jessye tot bedaren. Toch valt het Wallie op dat ze bezorgder kijkt dan anders.

'Is er iets?'

Ze wijst op de oude vrouw. 'Ze doet vreemd, alsof ze pijn heeft.' Wallie buigt zich over de voeten van de vrouw.

'Een kleine ontsteking, verder nog iets dan?'

'Nee niets,' en Jessye kijkt ook naar de voeten alsof ze die onderzoekt, haalt de natte windsels los om het Wallie te laten zien. Wallie brengt haar hoofd dicht bij dat van de vrouw en spreekt rustig en zacht tegen haar. Er komt geen reactie. Pas als Wallie haar bij de armen vastpakt en een beetje heen en weer beweegt begint ze te kermen.

Dan beent Wallie weg. Het vrouwtje zakt dieper in de stoel met de beugel, tranen rollen over haar gerimpelde wangen. Wallie komt terug met een Hindoestaanse in uniform.

'Mevrouw Simonse. Mevrouw Simonse!' schreeuwt het afdelingshoofd in haar oor. 'Wat is er met u aan de hand? Heeft u pijn?' Omdat er geen reactie komt, haalt ze een verpleger die vrij snel het vermoeden heeft van een attaque. Hij piept intern de dienstdoende arts op, beschrijft het scheve hangen en gekreun. De oude vrouw wordt overgeladen in een rolstoel en weggereden naar een kamertje naast het kantoortje van de hoofdverpleegster, die een oogje op haar zal houden. Wallie en Jessye gaan koffie drinken.

'Je moet leren je niet alles aan te trekken. De verzorgers doen hun best maar het is hier geen pretpark,' zegt Wallie, om haar jonge collega gerust te stellen.

Tegen de tijd dat de arts mevrouw Simonse onderzocht heeft en een breuk van het sleutelbeen geconstateerd, heeft Jessye zich verschanst in de rol van stille, overbezorgde nieuweling. Haar passiviteit is behulpzaam, ze hoeft nauwelijks iets te verklaren. Behalve dat ze mevrouw Simonse heeft zien lijden en dat bij Wallie heeft gemeld. Het voelt niet als een leugen. Ze is ook niet rood geworden.

Ze wordt bedankt voor haar opmerkzaamheid.

's Avonds, tussen waken en slapen, ziet ze de droge mond van het hoogbejaarde vrouwtje open en dicht gaan en de iele delen van het gebroken sleutelbeen over elkaar heen schuiven onder een transparant, dun vel. Ze schrikt wakker.

In het ziekenhuis zullen ze concluderen dat ze gevallen is, in het bejaardentehuis dat het bij Jessye moet zijn gebeurd. Ze zweet, de huid van haar rug en oksels jeuken.

Ze heeft geen foto van Manú. Omdat het niet lukt zijn gezicht als een levend geheel voor zich te zien, sluit ze haar ogen en concentreert zich op de afzonderlijke onderdelen; zijn haar, neus, mond, wenkbrauwen. Moeizaam bouwt ze hem op uit details die ze één voor één oproept. Ze trekt, als bij een tekening, lijnen van het voorhoofd naar de kaak en de jukbeenderen tot zijn ogen tevoorschijn komen. Het korte moment dat hij terugkijkt, schrikt ze, maar is ze gelukkig. Als zijn gezicht uit elkaar valt, moet ze opnieuw beginnen.

11

De bezoekersruimte is groot.

Ze heeft haar best gedaan er goed uit te zien. In een wijde, donkere trui loopt ze naar de stoel tegenover Manú. Tafels staan tegen elkaar aan geschoven. Aan één kant van de rij zitten de gedetineerden, het bezoek moet tegenover hen plaatsnemen. Langzaam gaat ze zitten. Vooraf heeft ze instructie gekregen niets van hem aan te nemen en niets aan hem te geven. De bewakers staan in elke hoek. Een aanraking wordt als verdacht beschouwd. Ze kijkt naar hem op. Haar zomerse, onbekommerde glamourlach verstart halverwege. Het wordt een onzekere, vragende blik.

'Dag Manú,' brengt ze uit. Ze frunnikt aan een tas die ze naast zich op de grond heeft gezet, bedenkt dat zoiets als verdacht kan worden opgevat. 'Hoe gaat het met je?'

Zijn blik strijkt langs haar heen naar een punt achter haar in de bezoekersruimte. Hij werpt zijn hoofd naar achteren. 'Niet zo goed als anders, meisje.' Er breekt geen lach door.

'En jij,' begint hij moeizaam na een korte stilte. Hij lijkt niet erg geïnteresseerd.

'Gewoon, niks bijzonders eigenlijk.'

Als een hooghartig kind zit hij tegenover haar. Ze begint, nerveus kletsend, de buitenwereld binnen te brengen zoals ze zich had voorgenomen. Over Stans in Indonesië, over de vissen van Harry, over een grappig voorval bij de bouwmarkt waar ze op zaterdag achter de kassa staat, de dingen waarmee ze vertrouwd is. Ze blijkt van de hak op de tak te kunnen springen zonder de draad van haar verhalen kwijt te raken.

38

Gaandeweg voelt ze dat het lijntje dat ze naar Manú aan het uitgooien is, in hem vasthaakt. Hij luistert, knikt af en toe om te laten merken dat hij dat doet, hoewel alles wat zij vertelt zich voor hem in een ander zonnestelsel afspeelt.

'Denk je dat je hier lang moet blijven?' floept ze er ten slotte uit als de vloed van vrolijke kletspraat droogvalt.

Manú kijkt nors, haalt zijn schouders op. 'Ik heb een advocaat. Die zegt dat hij mij er zo weer uit heeft.' Hij kijkt naar zijn handen die hij gevouwen voor zich houdt. 'Ik heb niks gedaan!'

'Oké. Het is oké, Manú.' Ze raakt even zijn hand aan. 'Het is oké.' Ze kijkt om zich heen naar de bewakers of het gebaar niet verkeerd begrepen wordt. Zijn ogen blijven dof.

Als ze afscheid nemen, vraagt ze of hij het prettig vindt als ze de week erna weer op bezoek zou komen. Hij kijkt wantrouwig maar mompelt zacht: 'Oké. Doe maar.'

In de week tussen het eerste en het tweede bezoek aan de gevangenis, ontsnapt het valincident langzaam aan haar bewustzijn. Het helpt dat ze vaak aan Manú denkt. Ze verdooft elke twijfel, verdrijft gevoelens van onlust met het beleven van haar hartstocht voor hem. Bij alles wat ze ziet en hoort, overweegt ze wat en hoe ze Manú erover kan vertellen.

Er was een winkeldief in de bouwmarkt geweest, niet op haar zaterdag, maar de meisjes van de kassa hadden nog nagehinnikt. De man was vanwege de stank door de mand gevallen. De bedrijfschef was op hem afgestapt waarna de man het op een rennen had gezet terwijl zijn spijkerbroek steeds meer doorweekt raakte van de urine. Toen hij voor de winkel overmeesterd werd, was er een complete loodgietersset van eersteklas kwaliteit uit zijn boodschappentas tevoorschijn gekomen. Manú lacht niet, hij luistert stil naar haar.

'Waarom wilde jij mij toch spreken?' vraagt hij ineens.

'Oh. Ja.'

'Op de kaart met die vissen staat dat jij mij iets wilde vertellen.'

Jessye wordt rood, voelt haar hart kloppen in haar maag en spreekt zachtjes tegen de tafel. 'Ik dacht dat ik zwanger was.'

'Jezus, gebruik jij niks dan?' roept Manú ontzet uit.

'Jawel, maar toch...'

'En denk je nog steeds dat...?' Hij staart haar verbijsterd aan.

Ze haalt haar schouders op. 'Ik weet het niet.'

Manú schudt ongelovig zijn hoofd en zwijgt. Jessye blijft met vochtige ogen naar de tafel staren.

Verder spreken ze niet meer met elkaar tot de bewaker de laatste minuut aankondigt en Jessye zwakjes begint uit te leggen dat zij het ook niet kan helpen, maar Manú onderbreekt haar. 'Ik zit hier vast, meisje, en ik weet niet voor hoe lang. Ik kan voor jou niets betekenen. Ik heb zelf problemen. Ga in godsnaam naar de dokter.'

Ze hoeft niet naar de dokter. Na een aantal dagen van oplopende innerlijke spanning gulpt helderrood bloed in haar slipje dat na een week overtuigend vloeien bruinrood kleurt, klonterig wordt en ten slotte ophoudt. Ze is niet opgelucht maar voelt een ernstige spijt, alsof ze de verkeerde keuze heeft gemaakt.

Op de zaterdag in de week dat haar zwangerschap duidelijk ten einde is of blijkt nooit te hebben bestaan, duikt Dahlia op in de bouwmarkt. Ze staat in de rij voor de kassa. Met een zalige glimlach en een dikke buik van zo'n zes maanden duwt ze literemmers muurverf in zoete pastelkleuren van haar karretje. Jessye ondergaat een hevige kramp in haar lege buik. De rest van de dag blijft ze de infrarode lichtstraal van het kassapistool op de streepjescode van de bouwmaterialen richten, eet en verschoont zichzelf haastig en zweterig en valt vroeg in de avond op de kunstleren bank in slaap.

Om vijf uur in de ochtend wordt ze bezweet wakker van koortsige droombeelden. Ze heeft het kind in de buik van Dahlia zien zwemmen in een nauwe, doorzichtige zak. Eerst leek het een echo. In haar halfslaap werd het een visachtig wezen dat met domme, starende ogen door de zak naar buiten kijkt. Ze staat op om de droom van zich af te schudden en start de pc op. De lichtbakken van de aquaria staan uit, het is nacht in de tropen. Op de zoekmachine vindt ze echo's van ongeboren kinderen, ze wil haar droom ombuigen naar, naar wat? Slaperig bekijkt ze filmpjes van ongeboren wezens, schokkerig bewegend als garnalen, met gratige rugwerveltjes en stompe ledematen. Grappig als salamanders of kikkervisjes. Ze klikt door en bekijkt filmpjes van meerlingen, tweelingen, drielingen.

Harry ligt te slapen met de deur open. Het is nog donker en in de stilte van de nacht luistert ze naar het borrelen van de pompen van de aquaria, het bescheiden snurken van Harry, het ruisen van de pc. Kort voordat het licht wordt, valt ze op de bank weer in slaap. Ergens op de grens van waken en slapen rijst een compleet plan in haar op, helder als het silhouet van het Vrijheidsbeeld. Vanzelfsprekend, rechtvaardig.

Ze wordt laat in de ochtend wakker van de mobiele telefoon die in haar broekzak trilt. Er klinkt een moeilijk verstaanbare vrouwenstem maar ze begrijpt te moeten komen en noteert het adres.

Een jonge Aziatische vrouw opent de deur en brengt haar naar een vrouw die hulpeloos maar woedend in een fauteuil zit. Zij is ook Aziatisch, heeft een klein postuur, een stevig torso en hoog opgestoken haar. Een van haar dunne beentjes ligt op een kruk met kussens. Jessye stelt zich voor, de vrouw wijst op een voet. Terwijl ze naar de voet blijft wijzen, stoot ze onbegrijpelijke klanken uit. Jessye gaat op een keukenstoel bij de vrouw zitten, knikt, wijst ook op de voet, doet haar latex handschoenen aan en rolt voorzichtig een sok af. De huid van de voet is bleek en doorzichtig, de grote teen vuurrood en warm, glimmend van het wondvocht en zoet ruikend zoals vleesbederf. De nagel zit los en sponzig vlees groeit in het wilde weg op het nagelbed. De jonge vrouw die de deur heeft geopend heet Cecilia. Als ze zich voorstelt, buigt ze voor Jessye.

'Zai will allain kroiden maa pain ies hiel elleg. Nie goet.' Jessye wijst op het gevaar van koudvuur. 'Jaja,' begrijpt Cecilia. Naar een dokter gaan met zo'n ontsteking lijkt Jessye veel verstandiger. Met bezwerende handen en geschrokken gezichten wordt dat door de vrouwen afgedaan. 'Asjeblief, jai doen,' beslist Cecilia en wijst op Jessye.

Het valt niet mee om Stans aan de lijn te krijgen. Zondag is ze op de missiepost. Er zijn meerdere diensten en talloze aarzelende zielen die geholpen moeten worden om een solide fundament te leggen onder hun Jezusverering.

'Tja,' zegt Stans, als ze haar eindelijk aan de lijn heeft en het probleem begrijpt. 'Onmiddellijk aan de antibiotica. En elke dag schone, natte windsels. Ik mail Shamandrass voor medicijnen maar ze moet het volle pond betalen. Overtuig die vrouw ervan, straks rot haar voet nog weg. Dreig met het ziekenhuis als ze niet bijdraait. Alles goed met jou?'

'Ja hoor.'

'Met Harry?'

'Ook goed.'

'Laat je het even weten? Per mail?'

'Goed. Mam?'

'Ja?'

Ze had een vraag willen stellen maar doet dat pas 's avonds per mail. Hoe het was om zwanger te zijn? Van mij?

Ze krijgt relatief snel antwoord. Stans schrijft:

Ik wist niet dat ik zwanger was! Ik was moe. Zó moe dat ik zeker wist dat ik doodging. Mijn buik was hard en onbuigzaam. Ik dacht de kanker te voelen groeien. Toen heb ik de Heer ontmoet. Omdat ik dacht dat ik doodging.

Ze heeft de antibioticakuur bij dokter Shamandrass thuis opgehaald, contant afgerekend en direct bij de Chinezen afgeleverd. Stans mailt ze dat het in orde is gekomen. En dat er met haar niks aan de hand is. Stans had het een verdachte vraag gevonden over de zwangerschap. Als Jessye zich in de nesten aan het werken was zou Stans het eerste vliegtuig terug nemen. Overigens hadden de inspanningen tot verzoening tussen Jaden en Patty tot een nieuwe zwangerschap geleid.

Slagvaardig mailt Jessye terug dat het niet om háár maar om een collega gaat en ze reageert enthousiast op de komst van de baby van Patty en Jaden. Ze weidt nog wat uit over het

Chinese geval, vraagt raad over iets waar ze Stans' kennis al niet meer voor nodig heeft, schrijft summier over de gezondheid van Harry en sluit af met vragen over de situatie in Indonesië die vroegere klanten van de salon haar stellen, ongerust geworden door berichten in de krant over de toenemende agressie van islamitische milities jegens christenen en zelfs een afgehouwen christelijk hoofd.

13

Als ze via het secretariaat van de penitentiaire inrichting een afspraak maakt met Manú, geeft ze aan op doordeweekse dagen in de ochtend te kunnen komen. Ze is vastbesloten de enige voor hem te zijn, zijn moeder of vriendin wenst ze niet tegen te komen. Zij zal de enige persoon zijn die de buitenwereld fris met zich mee zal brengen. Aan de moeder en de vriendin mag ze niet denken. Ze zal gul zijn. Hier liggen haar kansen.

Op een maandagmorgen, als ze voor de eerste afspraak na de zwangerschapsbekentenis onderweg is naar Manú, heeft ze zich opgewerkt in het gevoel onmisbaar en onweerstaanbaar te zijn. Vaak en bewust heeft ze gedacht aan de laatste keer dat ze gevreeën hadden. Omdat ze zo vaak aan die middag heeft gedacht, aan zijn gezwollen geslacht dat naar de lucht wees toen ze naast elkaar op Stans' bed lagen, kwamen vanzelf variaties op die middag en hun eenvoudige liefdesbewegingen in haar op, die ook een deel van haar herinneringen van die middag werden. Met hun schaarse gesprekken gaat het eender: ze herhaalt ze zo vaak en intens dat er vanzelf nieuwe gesprekken uit voortkomen. Zo leert ze Manú kennen.

Het knelt, ze moet voorzichtig bewegen. Ze draagt ze weer opgedrukt, zichtbaar in een zwart truitje met een laag uitgesneden hals. Manú zit in de bezoekersruimte aan een formica tafelblad zijn handen te bekijken. Haar ronde gezicht glanst in het tl-licht. Glazig staart hij haar aan. Een afgevaardigde van de vrije wereld duikt voor hem op. Wat Manú betreft is het helemaal oké om met rust gelaten te worden. Er is veel in hem komen bovendrijven nu de rechtbank zo goed als alles over hem in handen blijkt te hebben. Het kost inspanning de rechtsgang en het proces van de verdediging te volgen en te begrijpen.

'Manú,' zegt ze en gaat tegenover hem zitten.

Hij vindt haar best mooi, zo met dat glanzend dikke haar los over haar rug en borsten. Wat wil ze toch van hem? Spijtig herinnert hij zich hoe zacht haar blanke huid en vlees aanvoelde. Hoe ze zonder enig gedoe altijd zin in hem had gehad. Altijd zacht, lief, nat. Hem niet had afgehouden of spelletjes gespeeld, nooit scènes gemaakt. Geen meisje dat in je hoofd spookt, maar goudeerlijk was ze.

'Ik ben bij de dokter geweest.'

Blozend, vastbesloten, maar met minder zelfvertrouwen kijkt ze naar hem. Ze veegt met haar handen kruimels en pluisjes van het tafelblad, slaat haar armen over elkaar en leunt voorover. Manú kijkt naar de bleke welvingen onder haar hals. Zij kijkt naar zijn handen.

'Het is een tweeling, zegt de dokter, een jongen en een meisje.' Ze spreekt fluisterend met het laatste beetje lucht van een uitademing. 'Ruim vier maanden.' Het klinkt als een verontschuldiging.

'Nee!' roept Manú uit als hij begrijpt waar ze het over heeft. Zijn mond blijft openstaan.

'En met vier maanden is het te laat om iets te doen.' Ze spreekt op de stroom van haar volle adem want zoiets weet iedereen. Dat het met vier maanden te laat is. Hij schudt zijn hoofd met openhangende mond en kijkt weer naar zijn handen. Samen kijken ze naar zijn handen die krachtig maar machteloos in elkaar grijpen.

'In het ziekenhuis heb ik een echo gezien, het zijn echte baby'tjes die slapen en bewegen in mijn buik. Met beentjes en armpjes met vingertjes eraan en zelfs een duimpje om op te sabbelen.'

Na die echo kan ze het zich niet voorstellen... Nee, dat kan ze niet. Ze begint zachtjes te huilen. 'Sorry, sorry, Manú,' fluistert ze.

'Jeesus, dit kan niet waar zijn. Asjeblieft! Zeg me dat het niet waar is!' Hij schudt zijn hoofd weer en kijkt langs Jessye alsof achter haar een vluchtroute openligt.

Dan krijgt ze van de spanning een echte, korte huilbui die Manú zich laat overkomen alsof hij er weinig mee te maken heeft. 'Ik weet dat ik het alleen moet doen,' zegt ze dan.

Manú blijft wegkijken in de ruimte achter haar, maar Jessye zet door. 'Ik voel me zo moe. Sinds ik weet wat het is en ik ze heb gezien kan ik niks bedenken. Ik kan het niet.'

'Er zijn dokters die na vier maanden nog wél iets willen doen,' bijt Manú haar toe.

'Maar ik heb ze gezíen, Manú!' Ze grijpt in haar werktas en haalt echoscopieën te voorschijn. Het is een stapeltje zwart-witkopieën die ze wat bibberig voor zich op tafel uitspreidt met de foetussen van een tweeling in verschillende posities.

'Ik heb heel veel aan mijn kop, meissie. Ik kan jou niet helpen. Echt niet. Ik weet niet hoelang ik hier ga zitten. Het ziet er niet goed uit.'

Ze schuift de afbeeldingen binnen zijn gezichtsveld. Naakte, kromme astronauten in een gewichtloos universum. Stil zit Manú een tijdlang over zijn vermeend nageslacht gebogen. De bewaking heeft het signaal van vertrek nog niet gegeven maar Jessye staat alvast op. 'Weet je,' ze schuift haar stoel met de leuning tegen het tafelblad, 'ik ben gek op jou, Manú.' Ze pakt haar werktas op met het gebaar weer dapper verder te gaan met het leven. 'Deze kindjes waren niet de bedoeling, maar ze zijn helemaal van ons. Zoiets overkomt je. In het begin is het moeilijk.' Ze is even kwijt hoe ze had willen afronden. Manú zit het moment af te wachten om terug te mogen naar zijn cel. Als ze aan hun predikant denkt, schiet het haar te binnen. 'Later blijkt het de reden van je bestaan te zijn.' Op uitspraken van de predikant viel niet veel te zeggen. Langzaam kijkt Manú naar haar op, hij zegt niets. Als ze zich omdraait en weggaat, nog even naar hem zwaait, blijft hij haar uitdrukkingsloos nastaren.

14

Op internet heeft ze vrij lang de gangbare technieken en prijzen bestudeerd. De resultaten bekeken. Foto's van meisjes vóór de operatie met net zo erbarmelijk weinig als zij, en erná, waar je bij het meisje, zonder hoofd natuurlijk, kan zien hoe vol en symmetrisch ze zijn geworden. Hoe de huid glad en gespannen glanst van de nieuwe inhoud. Littekens in de plooi van de borst vindt ze een bezwaar. Jessye stelt zichzelf graag op haar rug liggend voor met Manú die zich laag over haar heen buigt, zich verlustigt aan haar rossige, open geslacht en dan een blik omhoog werpt, vol van liefde, en haar ogen zoekt. Dan zouden de littekens hem opvallen.

Steeds voelt ze een lichte huivering als ze denkt aan het moment dat Manú naar haar opkeek en bijna onzichtbaar toestemde. Alsof hij haar voor het eerst zag. Ze had aan hem gezien dat ze terrein had gewonnen. Dat hij begint te begrijpen dat hij er niet alleen voor staat. Geen dag van zijn gevangenschap. Op geen andere manier had ze hem dat aan zijn verstand kunnen brengen. En op het moment dat hij naar haar opkijkt en bijna onzichtbaar knikt en toestemt, heeft hij het begrepen. Dat zij zich met hem verbonden weet. Dat hij haar kan vertrouwen.

De littekens zouden hem opvallen. Rossige types met een blanke huid krijgen wormachtige littekens en dat wil ze niet. Er bestaat een techniek waarbij vanuit de navel tunneltjes worden gemaakt tussen de huid en de buikvliezen en waar met een chirurgisch instrument elastische zakjes met een slangetje doorheen geduwd worden. Gevuld met vloeistof zullen de zakjes, en dus de borsten, zacht en natuurlijk aanvoelen. Later kunnen ze nog in omvang toenemen door via de navel en de slangetjes meer vloeistof in de zakjes te pompen. Deze techniek werd een tijdlang in België toegepast en wordt nu in het voormalig Oostblok heel betaalbaar aangeboden. Een bemiddelend schoonheidsinstituut helpt met het vervoer en biedt een betalingsregeling aan. Die betalingsregeling heeft Jessye in staat van grote opwinding gebracht. Sinds ze als vijftienjarige de hoop moest opgeven dat het met haar borsten dezelfde kant op zou gaan als bij Patty, had ze van de operatie gedroomd. Op televisie lieten massa's meisjes zich van hun onvolkomenheden of raciale kenmerken verlossen met reeksen van kleine, plastische ingrepen. Het was doodnormaal. Het geld voor de pedicure-examens staat op haar rekening.

Het gaat niet om de examens, had Harry vaak gezegd, maar om de meest recente kennis waarop het examen toetst. De cursusgelden zijn hoog en ze zou de nieuwste cursus nog een keer in zijn geheel moeten doornemen voor ze examen kan doen.

Maar voorlopig gaat het ook goed zonder diploma. Niemand vraagt ernaar. Op de aanbieding met de afbetaling in zes maanden heeft ze gereageerd. Het contract heeft ze thuisgestuurd gekregen, direct ondertekend teruggestuurd en een eerste aanbetaling gedaan van het examengeld.

Wallie had haar aan cliënten niet als stagiaire, maar als jonge collega voorgesteld. Ze is achttien en haar borsten zijn lege hulzen gebleven.

15

Cecilia belt en zegt: 'Zai haift haile nacht niet gesjlapen van pain, jai alstoeblief komen?' In de badkamer vindt ze het doosje sterke slaapmiddelen van Harry en scheurt een strip af.

Jessye wordt binnengelaten door een man die haar voorgaat naar een donker kamertje waar de vrouw tussen een grote voorraad boeddha's van antiek gepatineerd messing ligt. Ze heeft lichte koorts, de voet ligt opgebaard op een zijden kussen. De man verdwijnt zonder iets te zeggen. Jessye haalt verschoningen uit haar tas. De vrouw gromt en stoot klanken uit, het lijken geen pogingen haar iets duidelijk te maken. De ontstoken teen is donkerder dan de dag ervoor en ruikt sterker. Voorzichtig ontsmet ze de hele voet. Op de grond liggen de antibiotica, het valt haar op dat er maar één pil uit de strip is gedrukt. Ze verschoont de windsels. In een schemerige huiskamer treft ze drie Aziatische mannen aan die haar schijnbaar verwachten want ze staan stil als beelden en kijken in de richting van de gang waaruit zij tevoorschijn komt. De ruimte is ongemeubileerd, dozen en kratten staan opgestapeld langs de wanden.

'Hallo? Ik ben Jessye.' Ze steekt een hand op als begroeting maar de mannen groeten niet, ze staren haar aan. Een van hen komt in beweging, stoot enige klanken uit en valt weer stil. Haar hand hangt nog onnozel in de lucht als Cecilia opduikt, ze draagt een voorschoot met bloedspatten.

'Van de antibiotica moet zij drie pillen innemen op de eerste dag, gisteren dus.' Jessye houdt drie vingers omhoog, met haar andere hand houdt ze de pillenstrip omhoog waar maar één pil uitgedrukt is.

'Daarna elke dag één tot de pillen op zijn.' Cecilia knikt. 'Geef haar vandaag nog twee extra. En morgen één en de dag erna ook tot de pillen op zijn.' Cecilia knikt. Met haar vingers geeft ze de hoeveelheid pillen aan.

'Zai niet slapen, helemal niet. Zai pain.'

Ze rekent vierenvijftig euro voor Harry's slaappillen en dertig euro voor het langskomen en verschonen van de wond. Cecilia bijt de man die haar geroepen heeft iets toe. Hij haalt biljetten en munten uit de achterzak van zijn broek, overhandigt ze aan Cecilia die het bedrag uittelt en aan Jessye geeft. Nadat ze de deur achter zich heeft dichtgetrokken, loopt ze zingend de galerij over. Als ze aan de borsten denkt, raakt ze door een gloeiende vreugde overweldigd, vergelijkbaar met het geluk dat ze als kind beleefde als ze dacht een daad verricht te hebben waarmee zij in Gods genade zou vallen.

Eén zou zij zijn en niet verbrokkelen van onzekerheid of angst.

Ze helpt fondspatiënten bij wie ze verweekte eeltlagen wegsnijdt en likdoorns. Bij het neefje van een haarklant, die door voetbal zijn teennagel in de lengte had gespleten, brengt ze een nagelbeugel aan. Het zijn inkomsten die via Wallie gedeclareerd worden maar waar ze nog geen cent van heeft gezien. Wallie's man, een zelfstandig loodgieter, werkt voor een wanbetalende aannemer.

'Hooguit een paar weken,' had Wallie beweerd toen ze naar de uitbetaling informeerde.

'Daar moet je niet over beginnen,' vindt Harry. 'Het is al mooi dat Stans het zo heeft kunnen regelen.'

Het reële uitzicht op volle borsten bezorgt haar een onverwoestbaar humeur. Ze humt gospels terwijl ze de aquariumbakken schoonmaakt met een waterstofzuiger, een voorwerp dat niet meer is dan een tuinslang met een filter. De vissen zinken af in een hoek waar ze de procedure afwachten, rustig waaierend met de vinnen. Harry zit in een leunstoel.

Het mondstuk van de waterstofzuiger beweegt over de met zand en kleine steentjes bedekte bodem. Poepresten glibberen in snotterige slierten door de transparante slang. Het duurt even voor hij ertoe kan komen haar te bedanken.

'Hoe voel je je?' vraagt ze, wetend dat Harry daar geen antwoord op heeft. Harry hecht weinig waarde aan gevoel.

'Soms vind ik het vervelend dat je bij zo veel adressen op bezoek gaat. Er kan een rare bij zitten. En ik weet niet waar je bent.'

'Nou, bijna al die mensen zijn van de Pinkstergemeente of nog van de kapsalon. Stans kende ze al.' Ze staat met haar rug gebogen, afgekeerd van Harry's stoel.

'En die Chinese dan, die met die voet?'

'Vanmorgen was ik er. Dat zijn illegalen. Daarom zijn ze nog niet gevaarlijk. Ze betalen goed.'

'Maar hoe kennen ze jou dan? Ze hadden jouw nummer.'

'Weet ik niet. Heb ik niet gevraagd.' Zijn reactie verbaast haar, hij is niet gauw bezorgd of wantrouwig. Ze vist bemoste stenen uit het water om de algenaanslag eraf te schuren en kijkt door het glas van de bak naar de kamer, naar Harry. Dat ze om wat meer geld te verdienen haar diensten op het prikbord van de Aldi had aangeboden, verzwijgt ze maar. Ze zegt: 'Dat nummer hadden ze vast van iemand die mij kent. Maak je toch geen zorgen.'

16

Of ze zin heeft, vraagt het meisje van het schoonheidsinstituut dat haar belt, om al in twee dagen haar droomborsten aangemeten te krijgen? Er was iemand uitgevallen voor de beautytour die dezelfde avond nog zou vertrekken. Lekker slapen in de luxetourbus en de volgende dag in de namiddag op de operatietafel. Eén nachtje observatie en dan weer terug.

Lopend tussen de ene cliënt en de andere verzet ze telefonisch afspraken voor de komende dagen en thuis pakt ze haar spullen voor de reis bij elkaar.

'Ergens naar de Veluwe, de tante van Mitzi heeft daar een vakantiehuisje. Marina leent de auto van d'r broer,' antwoordt Jessye op de vraag van Harry waar ze heen gaat.

'Neem je de mobiele telefoon mee?' vraagt Harry.

'Jawel, tuurlijk, maar Mitzi zegt dat er geen bereik is.' Ze zegt streng: 'Ik bel jou.' Waarop Harry knikt, hij begrijpt dat zijn dochter haar eigen gang moet kunnen gaan.

De gids heeft uitgelegd waar ze zijn: vlak bij Zagreb. Een sanatorium in een bos waar de mensen om haar heen een Slavische taal spreken. Bij de arts die haar gaat opereren kan ze zich uitspreken via een gids die haar wensen vertaalt. Ze mag kiezen: wil ze druppelvormige borsten of borsten in de vorm van een halve appel? Het wordt haar aangewezen op foto's. De prothese vóór of achter de borstspier geplaatst? Ze hoort voor- en nadelen aan. Voor welke cupmaat kiest ze? Meteen cupmaat C? Op die manier heeft ze er niet eerder over gedacht. Toch weet ze zonder aarzelen haar wensen duidelijk te maken. De arts en de gids knikken plechtig. Komt in orde.

Opmerkelijk is dat ze geen moment van angst voelt, ook niet als ze wegglijdt in een kunstmatig diepe slaap in een voor haar volslagen vreemde omgeving. Als ze bijkomt en haar romp, zonder te kijken nog, liggend en op de tast inspecteert, voelt ze bij haar navel een verbandje dat rondom met leukoplast zit dichtgeplakt en haar borsten die nu groot en rond en zacht zijn, maar pijn doen. Pas als ze wil opstaan en langzaam rechtop gaat zitten, begint de zwaartekracht pijnlijk druk uit te oefenen. Inderdaad neemt ze de gekozen druppelvorm waar en de kneuzingen van opzijgeduwd vlees.

Ze slaapt een nacht in het sanatorium waar veel vrouwen, enkele mannen, met verbanden om het hoofd of met blauwe plekken in het gezicht rondwandelen. Het duurt even voor ze rechtop kan lopen en er is ook één kort moment van spijt. Maar de arts die haar de ochtend na de operatie controleert is heel tevreden en laat haar de kunststukken zien in de spiegel. Het is indrukwekkend. Nog niet helemaal cupmaat C, maar als de kneuzingen zijn weggetrokken, kan via de navel meer vullingsvloeistof naar de borsten worden gepompt. De vorm toont zich veelbelovend en volslagen symmetrisch.

Op de terugweg heeft ze de stoel in de ligstand afgesteld en ze neemt elke drie uur pijnstillers. Het wegdek heeft gaten die haar op de heenweg niet opvielen. Ze realiseert zich dat ze Harry is vergeten te bellen. Haar mobiel stond twee dagen uit.

'Heb je het leuk?' vraagt hij luid.

'Ja, tuurlijk.' Ze moet even omschakelen.

'Mooi zo, mooi.' Harry praat niet aan de telefoon, hij roept, maar hij houdt het kort.

'Ik zit nu in de bus met boodschappen,' verzint ze, 'en vanavond gaan we stappen.' Het kost enige inspanning om uitgelaten te klinken. 'Morgen ben ik terug. Hoe is het met je?'

'Prima hoor, ik zie je morgen dus.'

'Ja, dag pap.'

'Dag, en veel plezier vanavond.'

Er zijn twee berichten ingesproken. De Chinese klinkt woedend en onverstaanbaar. Jessye had de dag voordat zij vertrok Cecilia gebeld, die niet had opgenomen, en was zelfs nog langsgegaan bij de flat, waar niemand had opengedaan.

En Manú! Hij meldt dat hij een telefoonkaart heeft gekocht en hoopt dat ze misschien op donderdag al wil komen omdat zijn moeder niet kan. Haar zus in Rotterdam heeft een arm gebroken, zijn moeder gaat koken voor de kinderen van zijn tante. Ze kan de administratie bellen als ze wil, hij heeft het al doorgegeven. Manú klinkt wat flets en het is even stil als hij bijna klaar is met zijn boodschap. 'Ik vind het leuk als jij komt,' zegt hij dan.

Ze slaat haar armen om haar benen die ze voorzichtig tegen haar buik heeft opgetrokken en valt in slaap. Dat ze niet op tijd terug zal zijn om hem op te zoeken of te laten weten dat ze dat niet kan, hindert haar niet.

17

Ze wordt uit haar slaap gehaald door de mobiele telefoon. Chinees geratel aan haar slaperige oor. Af en toe zegt Jessye 'oh?' of 'ja?', in afwachting een begrijpelijk woord op te vangen. Ze vraagt of iemand Engels spreekt.

Cecilia neemt het gesprek over. 'Hallo, el zain plobleeme. Glotte plobleeme met foet, jai komen?'

'Wat zijn de problemen?' Ze zou pas laat in de avond tegenover het Olympisch Stadion uitstappen.

'Lin niet plate. Lin vely ill! Vely, vely ill!' De vrouw met het rotte voetje heet Lin.

'Dan moet Lin naar het ziekenhuis.' Het is stil aan de lijn.

'Impossible. Impossible!'

'Ik ben geen dokter, misschien gaat ze dood als je haar niet naar het ziekenhuis brengt.' Ze hoort Cecilia overleggen.

'You come and get money, hundred euro, you help.'

'Oké, ik wil helpen maar ik kan niets doen als ze echt ziek is. Dan móét ze naar het ziekenhuis.'

'Okay. You come?'

'Ja, ik ben in het buitenland. Ik ben vannacht weer thuis. Vannacht. Twaalf uur.'

'Twelve at night?'

'Ja, op het Olympiaplein.'

'In Amsterdam?'

'Ja.' Er klinkt overleg.

'Wai blengen jou met auto, okay? Naa Lin, okay?'

'Ja oké.'

'Twelve at night.'

'Oké, dag.'
'Yes. Bye.'

Ze slaapt nog als de bus het Olympiaplein opdraait en tot stilstand komt. Slaperig trekt ze haar jas aan, pakt haar tas waar weinig in zit, ze mag nog even niet tillen, en stapt als laatste uit. Het is nacht. Medepassagiers worden met auto's opgehaald door benieuwde vrienden of familie. Gilletjes klinken gedempt, opgetogen omhelzingen vinden plaats. Het plein wordt sober belicht door oranje natriumlampen. Net als ze bij haar positieven begint te raken en bedenkt dat ze een taxi moet zien te vinden zonder een collega van Harry tegen te komen, stopt een donkere auto naast de touringbus. Het portier zwaait open, een van de zwijgende Chinese mannen uit de flat zit aan het stuur. De man mompelt iets over Cecilia, Jessye stapt in. Snel en soepel rijden ze naar het flatgebouw waar de vrouw ligt met haar voet. Er is al veel leegstand in de flat vanwege de naderende sloop.

Op de galerij haalt de chauffeur sleutels uit zijn zak, ontsluit de voordeur van de flat en overhandigt haar de sleutels, evenals drie biljetten van honderd euro. Daarna opent hij de kamer waarin de vrouw zich bevindt, buigt voor haar, terwijl hij iets onbegrijpelijks zegt. Wijzend op de vrouw loopt hij terug de gang in, de voordeur uit. Onhoorbaar sluit hij de deur achter zich en Jessye staat in de kamer waar de vrouw ligt te slapen. Stil en bleek ligt ze op een stalen bed met rode lakens, een schemerlamp in de vorm van een draak staat op de grond naast het bed. De boeddha's zijn uit de kamer verdwenen. Ze loopt de woning door op zoek naar Cecilia, naar een stoel of kruk; ze drukt op lichtschakelaars, soms springt een peertje aan. De woning is verlaten en koud, ze vindt leeg verpakkingsmateriaal: dozen en kratten. Twee kratten stapelt ze op elkaar om naast de slapende vrouw te kunnen zitten. Ze voelt aan haar voorhoofd. Het is nat en gloeiend heet, ze telt hartslagen. De voet is nu donkerrood en opgezwollen, het hele onderbeen is dik en donker tot aan de knie. Ze denkt aan bloedvergiftiging maar ze is geen dokter en heeft het alleen uit de boeken.

Jessye begrijpt dat de man niet terug zal komen. Ze zoekt voorzichtig op het lichaam van de vrouw naar identiteitspapieren maar vindt niets. Ze belt Harry, hij is nog wakker.

'Hé, waar ben je?'

'Bij de Chinese met haar voet, je weet wel. Ik denk dat ze buiten bewustzijn is en dringend naar een ziekenhuis moet. In de woning is verder niemand.'

'Ik zal Narad bellen. Als je niets hoort, komen we eraan.'

Jessye begrijpt dat ze niet kan weglopen. Ze heeft een dienend beroep. Harry is ingestapt bij Narad, die nachtdienst heeft, en belt met het mobieltje van Narad voor het adres. Twintig minuten duurt het voordat ze aanbellen. Narad knikt haar toe als hij binnenstapt, ze zullen het klusje even klaren. Harry ziet bleek, hij is nog niet in orde.

'Hoe gaan we dat doen,' vraagt Harry, 'kunnen we haar wakker maken?' Jessye denkt van niet.

'Dat been moet hoog blijven.'

'Tillen we haar op een stoel? Ze lijkt me niet zwaar.'

Narad komt op een idee. 'Ik ben zo terug,' mompelt hij en loopt de voordeur weer uit.

Harry gaat hijgend op de kratten zitten en vraagt wat de bedoeling is.

'Bij het ziekenhuis afleveren, anders gaat ze dood. Mij lijkt het bloedvergiftiging. We zeggen dat ze op straat leefde en haar in een portiek vonden. Dat ik haar voetwond al een tijd verschoon maar dat het zo niet langer gaat. Ze heet Lin.'

'Aha.' Harry kijkt peinzend naar de vrouw die met een wasbleek, glimmend gezicht roerloos op het stalen bed ligt.

'Hebben haar eigen mensen haar hier achtergelaten?'

'Ja, illegalen. Ze kunnen geen risico's nemen.'

'Triest. Heb je het leuk gehad met je vriendinnen?'

Ze knikt.

'Jammer van het slechte weer, heb je nog kunnen wandelen? Rond deze tijd beginnen de damherten onrustig te worden. Je kunt ze dan horen brullen om indruk te maken. Dat heet burlen. Heb je ze gehoord?'

'Ah, waren dat herten.' Jessye knikt neutraal, ze was zich van geen weer bewust geweest. ''s Avonds gingen we dansen en overdag slapen, pap.'

'Oh ja, tuurlijk.'

Narad komt terug met een opklapbare rolstoel en een vuilniszak. Om de zieke vrouw niet te storen komt hij zachtjes binnen. Ze had nooit meer dan een stugge Hindoestaanse gangster in hem gezien maar nu vindt ze hem vriendelijk. Hij zet de rolstoel zorgvuldig op de rem met de rugsteun naar achteren tegen het bed aan en vouwt de vuilniszak om het been. Samen tillen de mannen het slappe lichaam op de stoel en Jessye houdt het zieke been met de vuilniszak horizontaal. Harry pakt de vrouw in de deken die hij heeft meegenomen, en duwt de stoel van de rem af. Beneden aangekomen tillen ze haar, ze heeft het postuur van een kind, in de breedte op de achterbank.

Zo leveren ze haar bij het ziekenhuis af waar ze pas na drie kwartier en onder beschaafd protest wordt opgenomen. Ze laten hun gegevens achter en tekenen iets waarin ze verklaren geen band te hebben met de patiënte. Ze houden vol haar naam zelfs niet te kennen.

18

Ze staat vroeg op en belt de gevangenis. Met gedetineerden mag ze niet doorverbonden worden. Eigenlijk verheugt ze zich in de kleine voorsprong die ze nu op Manú denkt te hebben.

In het weekeinde heeft ze een paar uitgestelde afspraken. Gepijnigd door de nieuwe last, wiegt ze van het ene adres naar het andere. Veel van de flats die waren gesloopt, zijn door laagbouw vervangen. Een van de argumenten voor sloop van de flats was hun desoriënterende gelijkvormigheid geweest. Nu loopt ze door eindeloos lange straten met steeds eendere huizen, opgetrokken uit donkerrode bakstenen met strepen van witte baksteen. Zelfs in een dikke winterjas ziet ze in elk voorraam van de huizen een ander meisje dan hoe ze zichzelf kent. De in zwart-wit gespiegelde variant loopt rechtop, de hals in het verlengde van de rug, borst vooruit. Waar ze binnenkomt is het weekeinde. Cliënten zijn opgewekt, hebben bezoek van kinderen of kleinkinderen. Eenzame, tijdrovende gevallen had ze verschoven naar de week erna. Ze handelt zelfverzekerd, reageert vriendelijk, trots, ook als ze nieuwsgierige blikken voelt. Iedereen kan zien dat er iets veranderd is. Die zondag bezoekt ze een dienst in de Pinkstergemeente waar ze denkt heen te gaan om weer eens aan klantenbinding te doen. Als ze er is, beseft ze onder de mensen te willen zijn om het nieuwe effect te zien dat ze op hen heeft. Ten slotte bidt ze als dank. Dat is een oude gewoonte.

Haar haar is goed gepunt, het glanst en ruikt naar kokosmelk en zoete appeltjes. Als matglanzende juwelen draagt ze haar borsten de bezoekersruimte binnen, in een beha die weinig steun geeft en eigenlijk nog niet mag, onder een strak roestbruin truitje van Pat, met glitters en een zeer lage hals. Daar wachten de gedetineerden achter hun tafeltjes met formica bladen. Ze heeft een kort rokje aan, gouden leggings en cowboylaarzen met een hak.

'Ik was naar de Veluwe met collega's van de zaterdagkassa, in het vakantiehuisje van de tante van een van de meisjes, en daar was geen bereik. Ik kreeg jouw bericht dus veel te laat.' Ze ploft neer in de stoel tegenover hem alsof ze dat al jaren doet op dezelfde stoel voor dezelfde tafel. 'Sorry.'

'Dat geeft niet.'

Ze fronst haar voorhoofd onder de pony. 'Ik heb nog gebeld maar ze verbonden niet door.'

'Geeft echt niet.' Hij lacht, ze is gekomen. 'Je ziet er fantastisch uit.'

Ze kijkt in zijn lachende gezicht. Hij lijkt onder de indruk. Helemaal ontspannen is hij niet. Zonder zon en buitenlucht wordt een Antilliaan niet bleek maar wel grauw. Ze begint over het tourtje naar de Veluwe, ze noemt Marina en Mitzi, die werkelijk bestaan en bij de bouwmarkt werken, vertelt over de dancing waar ze twee keer zou zijn geweest en waar ze nou eenmaal niks aan vindt, wat waar is want ze houdt niet van dansen. Ze begint over de damherten waarvan ze denkt dat het bij het plaatje van de Veluwe hoort, legt uit dat die beesten burlen en wat dat is. Manú vraagt of ze zeker weet dat het niet de sirenes van de brandweer waren. Ze moeten lachen.

Dan vraagt hij hoe het met haar gaat en zegt ze 'goed hoor'. Ze haalt haar schouders op, ze kan hem niet vertellen hóe goed. Dat zou vreemd zijn.

'Hoe gaat het met jouw werk?'

'Goed. Ik heb veel klanten.'

'Kan jij sparen?' Ze kijkt met open mond naar hem, hij lijkt volkomen ernstig. 'Ik bedoel, kan je al iets opzijleggen voor... als...?' Even merkt ze aan haar maag dat ze te ver is gegaan.

'Ik moet eerst examen doen,' kan ze kleintjes uitbrengen, 'dat kost veel geld. Daarna kan ik sparen.'

Manú praat opbeurend op haar in. 'Dat gaat jou zeker lukken, jij bent een héél slim meisje!'

Zij vertelt over de vrouw met haar voet en het ziekenhuis, hij over de dagindeling en het werk dat hij moet doen om zijn weekloon te verdienen. Ze praten ontspannen en vragen elkaar niets speciaals.

19

Harry zit graag op een krukje voor z'n aquaria. Eerst was het haar niet opgevallen. Hij staart naar zijn vissen zonder speciale reden.

Er was altijd het schoonmaken, het eeuwig verwijderen van de algenaanslag op het glas en de stenen, het met regelmaat controleren van de waterkwaliteit, het zweterig inrichten of herinrichten van een bak en daarna natuurlijk het monsterende kijken. De overwegingen. Het creatieve proces, met alle twijfels van dien, was onderdeel van hun leven. Of er nog een steen bij moest of een verweerd stuk hout. Of een groep vissen niet te groot of te klein was voor het aquarium en de combinatie met de andere vissen in orde. Het draait in zo'n bak om evenwicht en dat is niet een-twee-drie tot stand gebracht. En wordt het na veel gemodder bereikt, dan kan het om onverklaarbare redenen van de ene op de andere dag verdwenen zijn. Maar Harry lijkt niet bezig problemen op te sporen, hij kijkt niet. Dat is onmerkbaar langzaam zo gekomen. Als ze een vraag stelt over de populatie waar hij naar zit te staren, duurt het een kleine eeuwigheid voor hij opkijkt.

Heeft hij misschien hoofdpijn? Ze vraagt het terloops, hij antwoordt direct. 'Ja, elke dag. Maar nu, ik weet het niet, ik zie steeds zwarte vlekken.'

'Waar zie je die dan?'

'Ze bewegen mee met mijn ogen. Als ik mijn ogen ergens op richt en probeer om de zwarte vlek heen te kijken, schuift de vlek er steeds voor en dekt af waar ik naar wil kijken.'

'Is dat altijd zo?' Ze doet haar best het zich voor te stellen.

'Nee, nee. Het is er soms opeens en als het zo is moet ik wachten tot het voorbijgaat.' Ze vindt het een rare klacht maar niet heel verontrustend. Langzamerhand is hij een oude man geworden die ook eens rustig op een krukje naar zijn eigen bakken mag zitten kijken.

Er is alweer achterstallig onderhoud aan de voeten van de oudjes in het verzorgingstehuis en Wallie's vertoon van moederlijke hartelijkheid blijft onverminderd uitbundig. Met geen woord verwijst ze naar het bedrag dat Jessye nog van haar tegoed heeft en dat zonder overleg een soort lening blijkt te zijn geworden.

'Oh ja, en weet je,' vertelt Wallie, 'dat op de afdeling met dementerende bejaarden het gevallen vrouwtje in een rolstoel zit? Al weken. Met één arm in het verband weet ze haar evenwicht niet te bewaren, daarom houdt het verplegend personeel haar in de rolstoel gekneveld. Steeds vergeet ze dat die schouder gebroken is en wil dan opstaan. Ze huilt als ze merkt dat dat onmogelijk gaat. Of ze schreeuwt van woede en dat kan ze uren volhouden. Het personeel parkeert haar dan in het kamertje naast de hoofdverpleegkundige.'

Manú belt.

'Hé meisje.'

'Manú?' Ze doet verbaasd alsof ze het nummer niet herkende. Manú laat zich niet van zijn stuk brengen.

'Jij bent mijn meisje, toch?'

Ze giechelt. 'Eh... ja.'

'Dat wil ik even zeker weten.'

'Ja oké. Oké.'

'Dus jij bent mijn meisje?'

'Ja, jouw meisje.'

'Ik kan niet naar jou toe komen om jou te zoenen.'

'Weet ik.'

'Jessye...'

'Ja?'

'Wil jij hier komen?'

'Doe ik toch. Ik kom maandag.'

'Ja, goed. Maar jij mag ook komen om alléén met mij te zijn.'

'Oh?' Ze weet van de regeling. Dat gedetineerden seks mogen hebben met hun vrouw, vriendin of een escort.

'Dan mogen we samen zijn. Alleen. Samen. Wil jij dat? Jíj bent mijn meisje.' Hij spreekt luchtig. Ze voelt het dringende belang.

'Ja hoor. Dat wil ik wel.'

Manú neemt het initiatief. Het is of hij haar de gang van zaken opdringt. Ze is heel tevreden.

20

Ze komt tot de conclusie dat ze dit keer geen plan nodig heeft. Er lijkt zich een samenhang te ontvouwen waarin alles vanzelf een vorm aanneemt die in voldoende mate overtuigt. De enige zorg is haar buik, die niet groter is geworden sinds Manú in de gevangenis zit. Ondanks de spanning eet ze de dagen voor het bezoek extra veel, waaronder eieren en bananen, die bij haar een tijdelijke verstopping veroorzaken. Ze hoopt op een enigszins natuurlijke welving en neemt zich voor, haar adem in de onderbuik vast te zetten op een moment dat de verdikking zichtbaar moet zijn.

Manú zit op het bed te wachten en staat op zodra Jessye binnenkomt. 'Ik kan al goed aan jou zien dat jij zwanger bent,' zegt hij als ze binnenkomt in het kleine ontvangstkamertje. 'Jouw borsten zijn zo groot geworden, zó móói.' Hij houdt zijn ogen op haar hals en borsten gericht. 'Zo mooi.' Hij zegt het zacht en bewonderend maar blijft op afstand. Haar blote hals kleurt dieprood, net als haar gezicht, van schaamte en van trots.

Het kamertje oogt somber. Tegen een donkere wand is een tweepersoonsbed geplaatst. Hoewel moeite is gedaan een intieme sfeer te creëren met rode schemerlampjes aan weerszijden van het bed, stroomt via een hoog vierkant raampje koel buitenlicht binnen. Het kamertje is te klein om op natuurlijke afstand van elkaar te blijven. Na de opmerking over haar borsten, kust of omhelst hij haar niet. Hij nodigt haar uit om naast hem op het bed te komen zitten, en omdat hij ziet hoe rood ze is geworden, verontschuldigt hij zich voor de opmer-

king over haar borsten. Ze antwoordt gevat dat ze ze zelf vandaag ook heel mooi vindt en giert een bevrijde lach want ze
is de beklemmende schaamte die haar even had overvallen alweer kwijt.

Maar zijn fysiek verstrakt. Hij keert zich min of meer van
haar af, neemt een gebogen, gespannen houding aan, blijft
een tiental seconden bokkig en zwijgend naar de deur kijken
en begint dan zachtjes te praten. Zijn stem klinkt schor. Door
haar opwinding wordt het haar maar langzaam duidelijk dat
hij een verklaring aan het afleggen is. En dat zij daar voorlopig moet zitten luisteren.

'Toen Glenn mij dus vroeg om een pakje voor hem te bewaren omdat hij bij zijn zuster op de flat zat en geen last voor
haar wilde zijn, was dat natuurlijk oké. Ik ken Glenn mijn hele
leven, hij is mijn brother, begrijp je.' De ogen van Manú flit-
sen zijdelings zoekend naar de hare, ze ziet dat zijn oogwit
grauw is en zijn wenkbrauwen vragend aflopen. Er is iets eer-
vols in de noodzaak haar dit te vertellen.

Manú wendt zijn blik weer naar de deur.

'Hij belde er steeds over waar het was en of ik het nog had.
Eerst lag het in de berging van mijn moeder maar dat be-
viel hem niet, ik moest het in huis bewaren, zei hij. Niemand
mocht op het idee komen het open te maken, het moest onder
in een kast, zei Glenn, in een koffer.'

'Wat zat er in dan?'

'Coke.'

'Wist jij dat?' Manú kijkt voor zich uit.

'Nee.'

'Wat dacht je dan dat het was?'

Manú haalt zijn schouders op. 'Glenn had er niks over gezegd.'

'Hoeveel?'

'Twee kilo.'

'Tjeesus.'

'Ik was niet thuis. Toen stond de politie voor de deur. Ze wisten precies waar ze moesten zoeken, zei mamma, ze hadden twee minuten nodig gehad om de tas te vinden met dat pakje in de klerenkast op de gang, zei ze, en toen ze me belde, werd ik al opgepakt bij die parkeergarage waar ik met mijn neef zat te chillen. Met die zwarte Toyota, je weet wel. Ze kwamen met sirenes, stapten uit de auto, renden op ons af, ik begreep eerst niet dat het voor mij was. Ze draaiden mijn armen op mijn rug en deden mijn handen in de boeien. Ik wist niet waarom.' Manú kijkt zo onschuldig als een klein kind dat iets is afgepakt. 'Mijn advocaat zegt: het is beter om te bekennen. Maar wat moet ik bekennen? Ik heb niks gedaan! Niks! Ik wist het niet!'

'Waar is die vriend van je? Die Glenn.'

Hij haalt boos zijn schouders op. 'Ze zeggen dat ze weten waar hij is maar ze hebben hem niet.'

'Hoe wisten ze dan dat de coke bij jou was? En waar het was?'

'Ze hebben zijn telefoon getapt.'

'Maar dan weten ze toch ook dat jij het niet gedaan hebt en dat dat spul van hem was en dat jij het alleen maar voor hem bewaarde en niet wist wat het was.'

Manú kijkt geschrokken naar de deur, maait met zijn armen door de lucht. 'Ik heb het niet gedaan. Ik wist niet dat het coke was,' bijt hij haar toe.

Zij valt stil door zijn heftige reactie. Natuurlijk staat ze aan zijn kant. Al had hij het geweten van die coke, wat kan het haar schelen. Hij zit met een gekwetste houding op de rand van het bed; de ellebogen steunend op zijn bovenbenen, het hoofd hangend naar de vloer, zijn mond open om een intense zucht te laten passeren.

'Tuurlijk niet. Dat zeg je net.' Ze blijft rustig zitten, met haar armen zedig in haar schoot, en concludeert dat ze niet bijdehand moet doen. Hij zucht nog enige keren, wellicht over het onbegrip van de wereld waar Jessye klaarblijkelijk ook toe behoort, als zij besluit dat het tijd is voor actie en haar hand zachtjes over zijn been laat glijden. Eerst wrijft de hand bemoedigend over zijn bovenbeen, waarna de hand zich langzaam als een slang beweegt naar zijn buik waar vingers zachtjes kriebelen en als Manú, nog steeds afgewend maar haar gekrieuwel toelatend, even hikkend ademt, laat ze zich zijwaarts tegen hem aanvallen. Dan duikt haar hand omlaag en kneedt zijn geslacht, groeiend van het bloed onder de harde detentiebroek, liefdevol, alsof het zijn gebutste gevoel voor eigenwaarde is.

Manú duwt haar hand weg maar draait zich naar haar toe. Hij trekt haar trui met wellustig geweld omhoog en omvat haar beide borsten met zijn handen.

'Daar had ik steeds zo'n vreselijke zin in als ik jou zag,' murmelt hij in haar nek, glurend over haar schouder en de peervormige joekels ieder in een hand wegend. Jessye giert.

'Ik vind jou zó mooi.'

Ze zucht.

Zachtjes trekt hij haar ruggelings op het bed. De gouden maillot blijken beenlange kousen als hij haar rokje omhoogtrekt. Ze draagt een minuscuul slipje dat hij met één vinger opzij duwt om bij haar binnen te kunnen. Het moet ruw en overrompelend zijn want dit is ook zijn bestaansmoment. Ze ontvangt hem vochtig, warm. Terwijl hij zich in haar naar binnen stuurt, herovert hij zijn plek in de wereld. Hij is meester. Zij gaan langer door dan ooit, hij doet zijn best het uit te stellen totdat Jessye kreunt.

Daarna zijn ze wat onwennig met elkaar. Buiten zou hij zijn broek omhoogtrekken, een vage belofte doen om de dag erna te bellen en zich uit de voeten maken. Nu blijven ze naast elkaar liggen, uitgeput van de spanning en de moeite die ze voor elkaar willen doen.

'Dankjewel. Dat je bent gekomen.' Hij zegt het in haar

nek. Zij kijkt verrast en glimlacht in zijn verlegen gezicht.

'Is het wel veilig voor...?'

Ze knikt met gesloten ogen.

'Weet jij dat zeker?' Hij pakt haar stevig vast maar ze blijft met gesloten ogen liggen omdat ze voelt dat haar ogen vochtig worden.

'Heel zeker.'

21

Slijmerige slierten vissepoep, waterplanten en etensresten zijn in de schroef van de aquariumpomp blijven steken. Harry probeert te zien wat ze aan het doen is. Als hij haar bewegingen wil volgen moet hij een andere kijkrichting zoeken om haar aan de randen van zijn gezichtsveld vaag te kunnen waarnemen.

'Moet je er niet eens een dokter naar laten kijken?' vraagt ze. 'Er is misschien iets wat je lichaam tekortkomt, een vitamine of een ander stofje, zoiets hoor je vaak.' Ze prutst met haar sterke nagels takjes uit de pomp en krabt aanslag weg.

'Daar heb ik iets voor, Jessye.' Harry staat onzeker op, grijpt half op de tast naar een greep aan de lade achter zich, pakt er een tangetje uit en een oude tandenborstel, kijkt geconcentreerd over zijn hand heen om te zien of het goed is wat hij heeft gepakt en geeft het aan Jessye, die al klaar is, maar het aanneemt.

'De huisarts heeft me verwezen naar een afdeling in het ziekenhuis.'

'Heel goed, Harry. Een oogarts?'

'Nee. Ik dacht interne geneeskunde.'

'Kijken ze dan alles van je na?' Ze checkt alle filters even, ze is in de stemming hem een plezier te doen.

'Dat weet ik ook niet, het lijkt me dat ze gewoon niet alleen naar mijn ogen kijken.'

Harry loopt langzaam, voorovergebogen om overeind te blijven, naar de bruine kunstleren bank.

Ze vraagt niet verder. Het is goed dat hij toegestaan heeft zich te laten onderzoeken.

'Ik ben blij dat je het doet,' zegt ze.

Hoewel ze doorgaat met emmers water en tuinslangen kijkt ze geregeld door de glazen aquariumwanden naar haar vader, die in slaap is gevallen.

Halverwege die week ontvangt ze een ansichtkaart van Manú. Het is een glanzende kleurenfoto van een klein oud kasteeltje, omgeven door terrassen. Op de terrassen zitten serieuze stadsmensen te eten en te drinken. *De Waag in Amsterdam*, leest ze op de achterzijde. In grote, onhandige letters, ze ziet zijn handschrift voor het eerst, staat er: *Lieve Jessye, ik tel de dagen tot jij weer komt. Tot maandag, Manú.*

Op het terras in de zon zit een donkere man die iets wegheeft van Manú, een van de weinigen die lacht en in de camera kijkt. Het meisje naast hem heeft lang haar en draagt een zonnebril. Jessye kijkt naar de donkere man. Daarna steekt ze de ansichtkaart in haar jaszak.

Bij mevrouw Zeegelaar zet ze de ansichtkaart tussen de kapspullen op tafel. Al knippend kijkt Jessye weg van het pluizige haar en van de schedel die blinkt onder het dunne haar in het tl-licht. Ze werpt korte blikken op het terras. Na het spoelen, het drogen en het uithalen van de rollers blijkt het haar bruinpaars geworden, in een harde, doffe tint die de weinige haarinplant juist benadrukt. IJzig beweert Jessye dat na vijf, zes wasbeurten het haar lichter zal worden en dat het een volgende keer inderdaad in een lichte, warme tint mag worden gespoeld.

'Zo kan ik niet over straat.' Druppels traanvocht vullen de ogen van mevrouw Zeegelaar.

Jessye schat de tijd in die het haar gaat kosten en probeert zich te herinneren hoe Stans dat deed met een mislukte spoeling.

'Goed. Morgen kom ik terug en neem ik iets mee om de kleur uit te spoelen en doen we er iets anders in.' Ze komt niet op de naam van het spul.

'Morgen ben ik jarig. Er komt visite.'

'Dan kom ik vanavond.' Haastig pakt ze in en vertrekt.

Als laatste die dag bezoekt ze een invalide meneer wiens voeten al lang niet meer lopen. Vingerlange tenen die nutteloos zijn omdat ze geen voet en daarmee geen opgericht mens in evenwicht houden, grijpen hardnekkig, krullerig in elkaar. Het vergt vakmanschap ze te ontwarren en pijnloos van de lange, gerafelde nagelranden te ontdoen. Hij is altijd blij verrast als ze in zijn schemerbestaan opdoemt, en trakteert haar op koffie die met veel zorg en moeite is gezet.

22

Lopend naar huis sms't ze Stans over de mislukte spoeling met de vraag hoe het ongedaan te maken is. Zo'n bericht kan een tijd in het uitspansel blijven hangen omdat Stans maar af en toe de telefoon uit haar koffer haalt om op te laden en berichten te lezen.

Als Jessye thuiskomt valt haar niets bijzonders op. Ze zet haar werktas, het hemelsblauwe canvasgeval van de ijzerwinkel dat ze nog van Ronald had gekregen, in haar kamer en loopt daarna de keuken in om een hamburger te bakken. Pas nadat ze twee witte broodjes en twee burgers heeft gegeten aan het oranje keukentafeltje, het buurtkrantje uitgevouwen en rustig kauwend heeft doorgenomen, komt ze weer in beweging. Tussen de vissen in de huiskamer voelt het als thuiskomen; het rozige neonlicht dat getemperd vanaf de wanden komt, doet haar blanke huid warm oplichten.

Het heeft haar altijd aan richting ontbroken. Ze weet het, ze heeft iets van een spons. De liefde voor Manú doet haar boven dat sponzige uitstijgen. Het geeft haar de moed om te handelen. Waar het op uit zal lopen bedrukt haar af en toe maar nu is ze vol van de invloed die ze heeft op haar leven en dat van Manú. Ze is meer dan een spons.

Ze hoort een zucht. De ruimte in de huiskamer is aanzienlijk want een eettafel hebben ze niet. Er wordt met het bord op schoot gegeten, op de bruine kunstleren bank die onder het raam staat en waarachter de lucht nu donker is. Een roze vlek beweegt op de bank en het schiet omhoog. 'H'llo, h'llo, h'llo!' klinkt het. Jessye slaakt een harde gil en trekt haar ar-

75

men in een snelle beweging naar zich toe. Langzaam herkent ze iets in de roze vlek.

'Thenkyoe, thenkyoe.' De kleine vrouw buigt het hoofd naar voren, het blauwzwarte haar in een lange vlecht.

'Hello.' Ze staren elkaar aan. Die lichtroze pyjama die Lin draagt, kent ze. Zij droeg hem toen ze twaalf was.

'Lin. You are Lin? Are you okay?'

Lin knikt. 'Yes okay. Good. Very good.' Ze lacht en gaat weer liggen. Dan ziet Jessye de stevige plastic zak, gevuld met helder vocht achter de bank aan een spijkertje hangen dat onlangs in het kozijn moet zijn geslagen; een infuus waarvan het slangetje in de roze mouw verdwijnt. Geknutsel van Harry. Een bruine deken bedekt het lichaam van Lin waardoor ze de voet niet kan zien.

'Waar is Harry?' Lin geeft geen antwoord. Jessye herhaalt de vraag. Lin kijkt haar verbaasd aan als ze het nogmaals herhaalt en uiteindelijk alleen maar vraagt door schouders op te trekken en handpalmen in de lucht te steken. Lin sluit de ogen en draait zich om.

Als Harry binnenkomt, blijft hij in de deuropening staan. Hij draagt zijn overhemd binnenstebuiten en toont een gele plastic tas met Aziatische tekens.

'Jessye, wil je ook? Ik heb eten gehaald bij de Chinees. Ik dacht die heeft vast zin in d'r eigen eten.'

'Volgens mij slaapt ze.'

'Dan warm ik het straks wel voor haar op,' fluistert hij. 'Kom, we gaan in de keuken zitten.'

Harry draait zich om, geeft de plastic tas aan Jessye en loopt met zijn linkerarm uitgestrekt als een voelspriet naar de keuken.

'Hoe komt ze hier?'

'Ik heb Narad gebeld, die heeft ons opgehaald.'

'Dat bedoel ik niet.'

'Oh. Ik kwam haar tegen in het ziekenhuis.' Harry gaat zitten, vouwt de arm die hij tastend voor zich houdt voorzichtig in en laat zijn hand op de tafel liggen.

'Zat ze in een rolstoel dan want ze lijkt me bedlegerig.' Jessye pakt de plastic doosjes uit met de rijst, de groenten en de kip en verdeelt het over de borden.

'Nee nee, zo was het niet. Ik heb haar gevonden in het ziekenhuis.'

'Gevonden?'

'Ja, uiteindelijk wel, op zaal vierentwintig met nog vijf anderen.' Harry kijkt ingespannen naar zijn slappe vingers, uitgespreid op het oranje tafeltje. 'Afdeling interne geneeskunde. Daar moest ik ook steeds zijn.'

'Oké, maar waarom is ze hier?'

Harry zucht en kijkt voor zich uit. 'Lin wilde daar niet blijven.'

'Hoe weet je dat?'

'Dat maakte ze me duidelijk.'

'Hoe dan? Ze spreekt geen Engels, ze begrijpt niet eens dat jij Harry heet.'

'Oh nee? Nou, dat maakt me niet uit.'

'Breng je haar straks weer terug?'

'Terug? Nee. Ze wil niet terug.'

'Ze heeft een infuus. Mocht ze wel weg?'

'Weet ik niet. Ze heeft een tas met zakjes mee, het ligt achter de bank. En er staat een gebruiksaanwijzing op, misschien kan jij die lezen, het zijn heel kleine lettertjes.'

'Is ze ontslagen uit het ziekenhuis? Heeft ze een brief moeten tekenen?'

'Weet ik niet. Toen ik haar in de rolstoel had en we langs de zusterpost kwamen, zwaaide er een broeder naar ons maar Lin had geen zin om terug te zwaaien.'

'En die infuuszakken dan, wie heeft je die gegeven?'

Hij kijkt stil en peinzend over het betonnen balkonhek naar buiten. 'Dat weet ik eigenlijk niet, Lin had ze gewoon.

Ze zaten in die tas die achter de bank staat, ze wees ernaar en we namen de tas mee. Misschien moet je even kijken.'

Ze zoekt op de tast achter de rug van de bruine bank in het donker van de winterse avond, in de schaduw van het groene neonlicht. Aan de andere kant van de bank vindt ze de infuuszakken. Lin wordt wakker en gromt, ze draait zich om met een vertrokken gezicht, zegt iets wat Jessye niet kan thuisbrengen.

Harry komt met het eten de kamer in. Hij houdt haar het bordje voor en zegt hartelijk: 'Look, your food, from China. Specially for you!' Haar ogen worden rond, ingespannen richt ze haar bovenlijf op en neemt het bordje aan.

'Haal eens bestek, Jessye,' zegt Harry en hij laat zich naast de kleine vrouw op de bank vallen. 'Chicken en Tjap Choi, very good.' Jessye komt met een lepel en een vork, Lin kiest de lepel. 'You eat!' zegt Harry. Lin's eetlust is enorm, na een minuut schraapt ze met haar lepel op de bodem van het bord. Omdat Harry naast haar is gaan zitten, kan ze niet meer liggen. Ze blijft stil rechtop zitten in haar roze meisjespyjama.

'Er zit geen gebruiksaanwijzing bij, Harry. Alleen wat er allemaal in zit,' zegt Jessye. 'Ik denk dat je om de zoveel uur een zak moet vervangen. Weet je ook niet hoe lang dat nog moet?'

'Nee, dat weet ik niet. Ach, als ze opknapt zal het wel klaar wezen, denk je niet dan?' Hij richt zich weer tot Lin. 'You feel better here? I hope you like to look at fish, we have many fish, you see?' Harry had zijn Engels langs de internationale wegen opgepikt in de tijd dat hij op de vrachtwagen reed.

Lin knikt bedeesd maar dat kan Harry niet zien. 'Many fish,' herhaalt hij, gebarend naar de verlichte bakken langs de wanden van de kamer. 'Yes, I like fish,' zegt ze dan. Ze mompelt zelfs, na een stilte, misschien om Harry tegemoet te komen. 'I like fish vely much.' Als ze dat zegt gaat Harry los. Hij vertelt over zijn bakken en wat erin leeft of rondscharrelt. Voor de vissen gebruikt hij natuurlijk de Latijnse namen en wijst ze vanaf de bank aan. Lin volgt de richting waarin Harry wijst. Als Harry klaar is met de linkerwand en bij de Macropodus Opercularis, de paradijsvis, is aangekomen, die in een relatief kleine bak aan de rechterwand woont, pakt ze het bordje weg bij Lin. Harry ziet voldoende om op te merken dat Lin het hongerig nakijkt.

'Ze wil meer, Jess!'

Jessye zucht in de keuken als ze het bordje nog een keer volschept.

23

Lin moest, Harry had erop gestaan, ergens in de woning op een fatsoenlijk bed slapen. Ze was zijn gast. Eerst had Jessye een matras uit de berging de lift in moeten slepen. Het zou in het kamertje van Harry worden gelegd en Jessye zou bij hem slapen. Maar toen de slaapmogelijkheden eenmaal, met dekens en kussens, lakens en slopen in hun voorlopigheid waren opgesteld, bleek Lin met geen stok van de kunstleren bank af te krijgen. Eerst leek ze niet te begrijpen wat ze van haar wilden, daarna had ze 'Lin happy, vely happy' gefluisterd, haar gezicht naar de leuning van de bank gedraaid en was in slaap gevallen. Harry en Jessye waren ieder maar in hun eigen kamer gaan slapen en ze hadden Lin in de huiskamer gelaten tussen de vissen, het ruisen van de waterpomp en het zacht klaterende water.

Door de komst van Lin is ze de mislukte verfbeurt vergeten maar vroeg in de ochtend ontvangt ze instructies van Stans. Op de verjaardag van mevrouw Zeegelaar gaat ze in het halfdonker onderweg. Ze moet eerst langs de kapper bij wie ze verfproducten haalt voor haastklusjes.

Onder een kap met infrarood licht zit Marithza, het haar in zilverpapier gewikkeld. Jessye herkent het gezicht in de spiegel en probeert onmerkbaar achter haar rug langs te komen maar Eddy, die de magazijnkast beheert, kwinkeleert zijn begroeting van achter uit de zaak. Eddy is een tengere Hindoestaanse jongen die haar met meisjesachtig gezwaai begroet. Marithza duikt onder de kap vandaan, lacht haar gave gebit bloot terwijl ze half opstaat, Jessye bij de arm grijpt en haar naast zich op de kapperskruk drukt.

'Hé joh,' fluistert ze opgewonden, 'wat een nieuws! Jéétje!'

Jessye werpt schichtige blikken om zich heen. 'Ik begrijp heus wel,' fluistert Marithza, 'dat het geheim is, maar ik vind het zó leuk! En ik zal je helpen, ik kom bij je oppassen! Dat kan ik heel goed. Ik doe het ook vaak bij de kinderen van m'n zus. En dan twee, twéé tegelijk! Ongelofelijk! Manú was eerst wel bang, hè. Echt bang, maar nu doet het hem goed! Hij is vrolijk en trots!' Het hart van Jessye klopt in haar keel. 'Niemand weet het verder, hoor! Niet eens zijn moeder!'

Er zijn twee kapsters en meerdere klanten in de zaak die geanimeerd met elkaar in gesprek zijn, niemand valt iets op. 'En je ziet er bijna niks van! Hoe doe je dat?' Jessye gaat wat naar achteren zitten en duwt brutaal borst en buik naar voren. De voorkant van haar jas, een zwart sportjack met bolle compartimenten gevuld met dons, duwt ze naar voren. Een pantser van lucht voor een lege ruimte.

'Jawel, toch wel,' moet Marithza toegeven, 'als je goed kijkt, zie je het al heel behoorlijk.'

Nadat ze van Eddy de producten voor mevrouw Zeegelaar heeft afgerekend en ze op het punt staat de kapperszaak te verlaten, zwaait ze nog even naar Marithza. Maar Marithza staat op, komt weer onder de kap vandaan en slaat de armen om Jessye heen, die schrikt en haar half afweert.

'Echt. Ik kom je helpen!'

Aangezien ze Harry in geen tijden zo levendig heeft meegemaakt en Lin muisstil op de bank naar Harry ligt te knikken, zich af en toe opricht om te eten, of zwakjes 'Okay!' zegt of 'Yes yes', laat ze het maar zo. Harry scharrelt wat met de vissen en zorgt voor vers Chinees eten. Hij praat meer dan ooit van hem gehoord werd. Ook als ze slaapt praat hij door, wat Lin niet hindert; ze slaapt diep.

Doordat Lin zo stil is, kost het een zekere moeite om aan het verwisselen van de infuuszakken te denken.

24

Dit keer propt ze een kussentje onder een stevig elastisch onderhemd. Over het hemd dat zo strak zit dat het kussen samenbalt tot een welving die twee foetussen zou kunnen bergen, draagt ze een wijde, wollen trui met kleurige franjes langs de kraag. Wie het niet weet, kan het nu ook zien.

Hoewel ze het hemd stevig in haar onderbroek duwt, blijft ze onzeker. Het zaakje zou kunnen verschuiven. Toch ziet het er natuurlijk uit, zoals ze steeds haar hand ter controle over het kussen haalt.

Manú zit aan het tafeltje in de ontmoetingsruimte op haar te wachten. Hij kijkt hoe ze gaat zitten.

'Dit mocht ik voor je meenemen.' Met een plagerige grijns haalt ze drie zwarte boxershorts uit haar tas en legt ze op de tafel. 'Ze zijn door de scan geweest.'

Manú pakt ze aan. Hij lacht verrast. Ze ziet het diamantje.

'Dank je, daar ben ik echt blij mee.' Zijn handen grijpen om de zachte stof van goede kwaliteit. 'Jij ziet er geweldig uit. Alles oké?'

'Oh jawel,' zegt Jessye. Ze vertelt over Lin en hoe zij door Harry uit het ziekenhuis is meegenomen. Hoe weinig Harry ziet, hoe bang hij is om te struikelen en met gestrekte armen langs de muren en glaswanden van de aquaria door de woning schuifelt. Dat hij naast Lin op de bankzit, waar hij de hele dag zit te praten. Dat ze van alles hoort wat ze nooit eerder van haar vader gehoord heeft omdat hij dat zit te vertellen aan een onbekende Chinese vrouw die geen Nederlands verstaat. Zo had ze opgevangen dat ooit een levend paard op de motorkap van zijn taxi was beland, waarna het beest een uur had staan trillen naast de taxi vanwege de shock. Het was ongedeerd gebleven vanwege zijn correcte noodstop. Alleen de motorkap was aan gort gegaan. Hij lijkt wel gek geworden. En die Lin ook. Die zit te knikken naast Harry en doezelt half tegen de leuning aan of slaapt. Soms zegt ze zomaar 'Yes, yes, I undastend' of 'Difficoelt. Yes, difficoelt', wat Harry weer doet doorpraten.

Manú kijkt stuurs en onderbreekt haar, hij zegt dat ze dat niet moet zeggen.

'Misschien vindt hij haar gewoon leuk en voelt hij zich goed bij haar en vertelt haar daarom al die dingen. Dat is goed voor hem.'

'Tuurlijk.' Ze verbaast zich dat Manú het voor haar vader opneemt. Jessye doet hetzelfde als anders; ze probeert Manú te vermaken en hem te betrekken bij haar leven. Iets anders heeft ze niet.

Hij kijkt streng. 'Het kan toch geen kwaad,' vervolgt hij. Dat begrijpt ze ook wel maar Harry vertelde al die dingen nooit aan háár maar nu dus wel aan die Lin. Ze zegt niets. Het is even stil voordat Manú vraagt hoe het met haar gaat.

'En de kindjes, gaat het goed met ze?'

'Goed,' ze haalt haar schouders op alsof dat vanzelfsprekend is.

'Heb je ze nog gezien op de echo?'

Ze schudt haar hoofd van niet. Zij heeft het er niet graag meer over.

'Bij tweelingen wordt de zwangerschap toch extra in de gaten gehouden? Wanneer krijg jij weer een echo?'

'Ik dacht over twee weken.' Manú kijkt achter haar in de ruimte, het lijkt hem te spijten niet mee te kunnen. 'En ik breng de foto's van de echo dan voor je mee.'

Hij pakt haar handen vast.

'Ik wou je iets vragen.' Hij spreekt gehaast. 'Ik vind het vervelend, en ik betaal je later terug, maar wij krijgen voor ons werk zo weinig, niet meer dan het zakgeld van een jongen van tien. Iedereen koopt er sigaretten van, ik ook, maar ik verdien net genoeg voor één pakje per week en ik heb er nu echt twéé nodig. Hier is het heel moeilijk om niet te roken. Wil jij wat overmaken? Alsjeblieft. Dat doen alle vrouwen en vriendinnen hier.'

'Alle vrouwen en vriendinnen?' Onder de pony heeft ze de potloodstreepjes hoog opgetrokken.

Manú spreidt zijn armen in de lucht, gaat in de leuning van zijn stoel hangen. 'Wat dacht jij dan? Wou jij soms niet meer?'

Ze drijft het spelletje niet verder. 'Hoeveel heb je nodig?' vraagt ze snel.

'Niet veel, zes euro, dan kan ik mijn tweede pakje kopen.'

'Zeg maar hoe.'

'Jij bent lief.'

Ze zitten symmetrisch, bevroren, naar elkaar toe gebogen. Er valt een lange stilte. Pas als ze vraagt: 'Hoe moet ik dat geld dan...?' komen ze weer tot leven.

'Er is een gironummer van hier waar je op kunt storten. Kun jij het vragen bij de administratie?' zegt Manú.

'Ik kwam Marithza tegen. Bij de kapper.' Ze heeft meteen spijt dat ze erover begint.

'Marithza is oké. Ik heb het mijn moeder verteld. Ik moet het soms aan iemand kwijt, weet je.' Ze ziet kort iets gloeien in zijn blik op haar.

'Oh.'

'Ze gaat ervoor bidden, zegt ze.'

Jessye kijkt naar de handen op haar schoot.

'Ik doe het ook,' bekent hij. 'Bidden. Weet je.' Hij grijpt met zijn hand naar zijn voorhoofd. 'Alles wat je doet heeft gevolgen. In je hoofd kan je vreemde paden inslaan. Bidden maakt me rustig.' Hij heeft de nieuwe onderbroeken nog steeds in zijn hand. 'Ik praat ook met de priester die hier komt.

Hij helpt me met sommige papieren. Hij is aardig. Hij helpt me dingen op een rijtje te krijgen. Over wat echt belangrijk is in je leven en zo.'

Jessye hoort niet alles wat hij zegt. Ze kijkt naar hoe zijn handen bewegen om de boxershorts heen, zijn ogen de hare zoeken als hij iets uitlegt. Ze ziet dat hij zich op zijn gemak wil voelen met haar en toch voorzichtig blijft.

'Ik vind het fijn dat ik met jou kan praten.'

Als ze opstaat omdat de bewakers melden dat het tijd is, grijpt ze zonder opzet naar het kussentje dat niet verschuiven mag. Manú kijkt er tevreden naar, met schuchtere bezitters-blik. 'Volgende maand kunnen wij zeker niet meer naar het kamertje?' fluistert hij bezorgd.

'Jawel. Ik geloof dat het geen kwaad kan.' Ze weet toch niet helemaal zeker of hij dan niet een ander meisje belt.

25

Doordat ze zo stil op de bank blijft liggen raakt Jessye aan Lin gewend. Als ze even rechtop zit en Harry merkt dat ze weer wil gaan liggen, schuift hij onmiddellijk van haar weg naar de leuning van de bank. De vissen worden weer verzorgd door Harry, het toeschouwen van Lin wakkert zijn oude ondernemingslust aan. De voet van Lin ziet er genezen uit en Jessye vraagt zich af wanneer ze erop zal proberen te staan en terugkeert naar haar eigen familie. Als Lin naar de wc moet, wurmt ze zichzelf hinkend in de rolstoel van Narad, laat zich naar de badkamer duwen door Harry die ook haar infuuszak van de spijker haalt en meeneemt, wurmt zich er bij het toilet weer uit en vice versa, waarna ze uitgeput op de bank in slaap valt. Jessye stofzuigt om Lin heen, ook als ze slaapt. Afgezien van een goedemorgen of wil je iets drinken, opzettelijk in het Nederlands om haar niet tegemoet te komen, vraagt of zegt Jessye haar weinig.

Maar op een ochtend als Harry naar het ziekenhuis is voor onderzoek ziet ze Lin rechtop zitten en zoekend om zich heen kijken met haar slaperige Aziatische ogen. 'Harry is naar het ziekenhuis,' zegt Jessye. Waarop Lin met haar ogen knippert.

'Hospital?' Ze lijkt plotseling klaarwakker. 'Hospital?' Ze vraagt het paniekerig, neemt de thee die Jessye haar voorhoudt niet aan. 'Ha-li in hospital?' Jessye knikt en zet de thee op de grond naast de bank.

Ze haalt haar schouders op. 'Dat geeft niet, hij komt straks weer terug.'

'Ha-li in hospital. Why?' Lin trekt haar gezicht in een grimas.

'Hij moet naar de dokter voor zijn ogen,' probeert ze uit te leggen en wijst op haar eigen ogen.

'To doctor?' Ze schudt haar hoofd. 'I don't want to doctor. I don't want to hospital.' Zo veel had Lin nog niet achter elkaar gesproken. Ze pakt de stevige hand van Jessye met haar kleine handjes beet. De hand loopt rozig aan door de omklemming.

'Lin happy. You vely good,' verzekert Lin haar. 'Lin bettel soon!' Jessye laat zwijgend haar hand afknellen.

'Lin bettel. Lin help you. Okay?' Lin ligt dan wel in de huiskamer, ze is net zo stil als de vissen. Harry is opgewekt sinds ze bij hem op de bank ligt te slapen. Jessye kijkt alsof ze over het aanbod moet nadenken. Lin zit er terneergeslagen bij.

'Waar is je familie?' Lin kijkt naar haar op. Het valt Jessye op dat de uitdrukking van haar twee ogen sterk verschilt.

'Family?' Jessye knikt. Lin kijkt voor zich op de grond en lijkt na te denken.

'No family,' zegt ze als ze tot een conclusie is gekomen. Ze heeft één slapend en één wakker oog, het wakkere oog kijkt streng.

'Geen familie?'

'Lin no family.' Ze schudt droevig maar gedecideerd haar hoofd. Het oog dat slaapt hangt er goedmoedig en introvert bij.

'Lin bettel, Lin help you.' Ze knijpt nog een keer in Jessye's hand en laat dan los. Jessye haalt haar schouders op en loopt weg van de bank naar de keuken. Haar onderarm tintelt. Het ene oog maakt haar waakzaam ten aanzien van Lin maar het andere stemt haar toegeeflijk. Als ze terugkomt met thee en een rol biscuit ligt Lin alweer.

'Baby, you have baby?' en ze wijst naar de Jessye's buik. Het kussentje heeft ze met veiligheidsspelden vastgezet in een hemdje dat ze ook onder haar pyjama draagt. Het duurt even voordat ze knikt.

'Ah, baby.' De ogen van Lin, ook het slaperige, lichten even op en volgen de zwangere, waarna ze weer urenlang dichtgaan.

Die avond vergeet ze Harry te vragen naar het onderzoek. Pas als het haar de volgende dag te binnen schiet en ze ernaar vraagt, beweert Harry niets nieuws te weten maar kijkt erbij alsof ze hem op een leugen betrapt. Ze concludeert dat het hem toch dwarszit om niet te weten wat hem scheelt.

26

Het was met regelmaat in de buurtkrant gemeld. Bij herplaatsing uit sloopflats werden woonwensen van wanbetalers genegeerd. Oorspronkelijk zou hun flat gespaard blijven voor sloop maar uiteindelijk was besloten dat ook die van hen neer zou gaan. Bij toeval opent ze een aangetekende brief voor Harry. Het is een brief van de deurwaarder die in kloeke taal tot betaling maant. Er blijkt een huurachterstand van drie maanden te zijn.

Ze denkt haar vader te kennen: groot, rondbuikig, joviaal voor zijn collega's. Een typische vrachtwagenchauffeur die ook geknipt blijkt voor de taxi omdat hij bescheiden en behulpzaam blijft, ook als tijden veranderen en doodgewone vriendelijkheid provocerend op klanten begint te werken. Een man die stipt zijn rekeningen betaalt, zonder nadenken bijspringt als hij merkt dat een medemens in de verdrukking zit, een extra dienstje draait als hij het een collega makkelijker kan maken.

Nooit was hij vergeetachtig of onvoorzichtig in financiële aangelegenheden. Alleen in de begintijd met de vissen was een zekere mateloosheid in hem bovengekomen, zoals hij de ene aquariumbak na de andere produceerde door dikke glasplaten te verlijmen. Eindeloos aquariumwinkels afstruinde om de beste combinatie van vissoorten te vinden. De werkelijkheid in subtropische rivieren moest worden geëvenaard. Maar hoeveel tijd hij ook stak in de studie van de natuurlijke biotopen van zijn uitverkoren vissen, de vegetatie, de compositie van de stenen en de achtergronden, de waarden van het water, en hoe hij ook opging in het bouwen van zijn kleine utopieën, hij vergat in geen geval voldoende invaldiensten te draaien om de huur en het levensonderhoud te kunnen opbrengen. Dat vergat hij nooit en nu wel.

De vissen, waar zouden ze heen moeten met al die zorgvuldig gecomponeerde paradijzen? Hoe moesten ze zich voorbereiden? Een plan maken voor vervoer of eventuele verkoop? Steeds als Jessye erover begint, gedraagt Harry zich alsof hij haar niet hoort, maakt zich los uit haar vragende blik, gaat onverstoorbaar verder met wat hem bezighoudt. Harry is niet meer te vertrouwen zoals ze dat haar hele leven gewend is geweest.

Wallie neemt niet op. Ook als ze een boodschap inspreekt, reageert Wallie niet. Ze besluit te blijven bellen tot ze opneemt. Door Harry die tot geduld had gemaand, en de gunstige afbetalingsregeling voor de borsten, had ze het zo lang laten lopen. Pas als ze de mobiele telefoon van Lin opgeladen heeft en Wallie daarmee voor de twaalfde keer belt, hoort ze Wallie's stem zichzelf uitnodigend aankondigen.

'Ik probeer je al een week te bereiken,' begint Jessye.

'Oh ja, dat kan. Mijn mobiel doet raar,' beweert Wallie.

'Niet als ik met een ander nummer bel.' Voor het eerst wordt Jessye snedig van woede. Gewoonlijk zwelt in haar keel een orgaan op dat haar belemmert iets zinnigs te zeggen of zelfs te ademen. Nu valt de stilte aan de andere kant van de lijn.

'Eh ja, ik verwachtte een klant voor John,' bekent Wallie.

'En ik geld van jou. Aardig wat inmiddels.'

'Heb ik niet.'

'Wat bedoel je, je hebt het niet.'

'Wat ik je zeg. Ik heb het niet.'

'Meer dan drieduizend euro moet het zijn. Ik heb bij elkaar wel zeven weken voor je gewerkt. Ruim drieduizend! Waar is het?' Nu ze het bedrag noemt begint het orgaan toch te zwellen.

'Weg.'

'Weg?'

'Ja, in het faillissement.'

'Wat heeft mijn loon met jouw faillissement te maken?' Ze houdt zich van de domme, ze weet dat Wallie noodgedwongen het ene gat met het andere moet vullen. Maar het zou in orde komen, dat was met stelligheid beweerd, met uitgestreken gezichten en sussende gebaren.

'Johns opdrachtgever heeft een faillissement aangevraagd, wij krijgen ook geen geld, misschien ooit een schijntje maar dat kan nog jaren duren.'

'Wij hebben geen geld om de huur te betalen.'

'Dat spijt me voor je.' Wallie klinkt ongeïnteresseerd. Jessye hoort dat iedere kans op uitbetaling verkeken is.

'Je hebt mij nergens om gevraagd, je hebt gewoon dat geld gehouden en nu is het weg.' Ze voelt laag in haar nek een stekende pijn en kramp in haar kaak. Het lukt haar een huilbui uit te stellen.

'Oh ja, en mevrouw Simonse is overleden,' begint Wallie verstrooid. 'Ik heb de leiding niet verteld dat jij haar zonder veiligheidsmaatregelen alleen in de badkamer hebt achtergelaten voordat ze van haar stoel viel. De familie overweegt te laten uitzoeken hoe dat valincident heeft plaatsgehad. In geval van een onderzoek kan ik natuurlijk niet blijven zwijgen.'

Wallie had dit verhaal duidelijk al een tijd in het vat om op te lepelen als Jessye de mond gesnoerd moest worden. Dat lukt, ze vervolgt: 'Misschien moet je bedenken dat je nog steeds geen diploma hebt en dat je je uren berekent alsof je wél een diploma hebt. Daar weet ik helemaal niks van natuurlijk.'

Zonder nog iets terug te zeggen drukt ze Lins mobieltje uit.

27

Lin zit wakker op de bank. Overdag slaapt ze steeds minder, misschien zou het infuus eruit kunnen en dan zou ze zichzelf een beetje kunnen redden. Harry zegt dat dan wel eerst de vrouw van Narad moet komen kijken. Lin heeft geen mening, al volgt ze alles wat erover gezegd wordt met grote ogen en een hoofd dat meedraait naar de spreker.

Ze kijkt vorsend naar Jessye die haar mobieltje dichtklapt. 'Angly?' lispelt ze zachtjes.

Jessye vindt het vervelend dat mevrouw Simonse is overleden maar ze was al erg oud. Wie zegt dat het door háár kwam. Een smerige beschuldiging. Naar dat geld kan ze fluiten. Ze loopt naar de badkamer. Lin staat op van de bank, wipt haar infuuszak zelf van de spijker en hinkt achter haar aan. Ze blijft voor de deur van de badkamer staan met de infuuszak in haar kleine, sterke hand, schudt haar hoofd. 'Vely angly gul,' zegt ze zacht. Verbaasd doet Jessye de badkamerdeur open. Ze beschouwt zichzelf zo goed als alleen thuis, Lin telt niet. Harry, die een goede dag heeft, is in zijn slakkengang op boodschappen uit.

'Why angly? Boyfliend?' Uit het slaperige oog stroomt warmte, het strenge eist een verklaring. Jessye schudt haar hoofd van niet. 'Nee, no no, geen vriend, dat is het niet.' Ze buigt voorover, haar losse haar sluit zich voor haar gezicht. 'Geld, money, mean people.' Ze draait zich van Lin af, die waardig terugkeert naar haar zetel, de kunstleren bank, en gaat haar ergernis in de keuken van zich af staan eten. Ze werkt aan het aanrecht drie roze donuts naar binnen waarvan de eerste haar nog wel smaakt. Na de derde krijgt ze trek in iets hartigs, ze bereidt een broodje schouderham. Dat neemt ze op een bordje mee naar de huiskamer en vraagt of Lin ook iets lust.

Het opgeklaarde gezicht van Lin met dat ene warme oog dat belangstellend om haar glimmende vlecht heen kijkt – Harry heeft het lange blauwzwarte haar gewassen en Lin heeft het strak gevlochten – maakt dat ze toch ergens over begint. Ze zegt iets over haar boyfriend die opgesloten zit. Lin glimlacht: 'Boyfliend nice?' En dan begint ze over Manú. Net als Harry kan het haar weinig schelen dat Lin haar niet verstaat. Ze vertelt over Manú, dat hij niet weet hoelang hij nog moet zitten, ze vertelt wat hij gedaan heeft, hoe ze hem kent en hoe hij eruitziet. En ze vertelt zelfs waarom ze doet alsof ze zwanger is. Lin blijft luisteren, soms kijkt ze onverwacht op. Jessye doet geen moeite ordelijk of samenhangend over te komen. Ze weet dat het geen zin heeft. Het valt haar op dat ze zich schaamt over haar bedrog maar dat ze de leugen op een koele manier blijft besturen. Ze weet dat ze er uiteindelijk veel voor over moet hebben. Dat er geen weg terug is zonder verlies, dat Manú het haar niet zal vergeven. Dat ze volslagen kansloos is. Ze mag zich bewijzen als vriendin omdat hij meent dat zijn nageslacht en daarom zijn toekomst aan haar schoot ontspringt. Bleek en stil zit ze naast Lin op de bank en ze voelt de neiging te gaan huilen. Dan verstrakt ze en richt zich volledig op het bedrog dat haar wordt aangedaan. Op het geld dat ze niet terug zal krijgen van die vuile rotzakken. Tot haar verbazing wendt Lin zich tot haar en worden haar ogen rond en groot. 'Money? How much?' vraagt ze.

'Almost three thousand.'

'Okay.' Ze drukt op haar mobiel en laat het laatstgekozen nummer zien. 'Bad people?'

'Oh yes.' Jessye is woedend en nu ze het bedrag genoemd heeft, huilt ze toch. 'Very, very mean.' Het lucht niet op dat te zeggen.

'What name?' Lin kijkt strak op het display van haar mobiel en begint een boodschap te sms'en. 'What name?' Ze kijkt met haar ene oog bezorgd en met het andere meedogenloos.

'Her name is Wallie, nou en, what does it matter?' Ze trekt haar schouders en bovenlip op.

'One bad person?' Lin concentreert zich op haar mobiel.

Jessye twijfelt, denkt na, trekt nogmaals haar schouders op. 'Two bad persons, I think.'

'What name of that person?'

'John.' En ze voelt een razende, moordlustige haat tegen hen beiden. 'He must be very mean too.' Lin sms't en belt, discreet stoot ze Chinese keelklanken uit.

Jessye hoort Harry de sleutel in het slot steken. Hij staat onhandig met de sleutel in het slot te rommelen. Omdat het lang duurt, loopt ze naar het halletje en opent de deur. Naast hem op de galerij staat Fatima, een van de weinige flatbewoners van wie ze toevallig de naam kent. Fatima heeft de bleke dorheid van een devote non, draagt een zwarte jurk tot over haar voeten en een zwarte hoofddoek. Haar wangen bollen op van verontwaardiging.

'Menier was in aandere flat.' Ze wees. 'Daar woont main zuuster, daar ook menier.'

Harry lacht verontschuldigend, hij zegt: 'Ik zag het niet goed.'

'Menier weg kwait.'

'Ja,' zegt Harry. 'Verdwaald.' Het is even stil en hij herhaalt zacht: 'Ik was even verdwaald. De flats lijken op elkaar. Ja toch?'

'Ja Har, dat wordt gezegd.' Ze bedanken Fatima.

Harry ploft naast Lin neer en begint over zijn verdwaling. Ze hoort Lin iets tegen hem zeggen dat zij niet kan verstaan en Harry die moet lachen. Ze trekt haar jas aan en vertrekt.

28

Als ze de woning verlaat, heeft ze de wil en het voornemen Manú te zeggen dat de zwangerschap ten einde is.

In dat geval hoeft ze niets te biechten, zijn ze beiden slachtoffer van een kleine persoonlijke ramp en blijven er redenen om niet uit elkaar te gaan. Ze zóuden immers samen kinderen krijgen en dat blijft evengoed mogelijk. Hij ziet dat ze van hem houdt, wat ze bijdraagt aan zijn leven.

'En?' vraagt Manú onmiddellijk, nog voor ze is gaan zitten. 'Hoe is het met je?'

'Heel goed,' antwoordt Jessye, die verrast is om zijn openlijke blijdschap haar te zien, zijn verlangen naar haar meent te voelen.

Te snel. Ze zegt te snel en te gelukkig 'heel goed' voor die spontane abortus. Kan ze er nog over beginnen? Anders moet ze het volgende week doen als ze zich heeft voorbereid en ingeleefd. Een zwangerschap kan tot op de laatste dag fataal verlopen, zeker bij een tweeling. Over fataal verlopen tweelingzwangerschappen had ze veel uitingen van rouwverwerking gevonden op internet.

'En met jou?'

Hij knikt gewichtig met zijn mooie hoofd. 'Ik heb een beslissing genomen. Een belangrijke beslissing.'

'Oh?' Ze heeft zich voor hem geïnstalleerd. Meer dan anders heeft hij op haar gewacht.

'Ik heb besloten,' zegt hij, en na een stilte waarbij hij zijn lippen opeengeperst houdt en haar aankijkt, vervolgt hij, 'om te bekennen.'

'Oh?' zegt Jessye nogmaals, altijd weer opgelucht niet weg-gestuurd te worden.

'Voor de rechter,' verduidelijkt hij.

'Waarom?' vraagt ze.

'Dat is beter. Omdat ik zo niet verder kom. Ik wil een streep zetten onder hoe ik leef. Een streep zetten. Dat is belangrijk nu, anders kom ik niet vooruit. We moeten vooruit. Toch? Straks zijn we met ons vieren en zit ik in de bak. Dat is niet goed. Ik heb spijt. Spijt van al die stomme dingen. Ze weten veel. Niet alles, maar heel veel. En nu heeft het geen zin meer te blijven zeggen dat ik niets weet. Dat is niet goed. Ik moet een recht leven leiden. Een recht leven, begrijp je?'

'Tuurlijk. Wat ga je doen?'

'Bekennen,' zegt hij krachtig, fanatiek als een bekeerling. En hij zegt nog een keer 'bekennen', omdat ze niet meteen reageert, of omdat het moment van de bekentenis naderbij komt als hij het nog eens zegt.

'Ja ja, dat begrijp ik.' Ze bedoelde iets anders.

'En ik hoop op strafvermindering, dat heeft mijn advocaat ook gezegd. Als je bekent en spijt betuigt dan hoef je hier niet zo heel lang te zitten. Dat wil ik. Ik wil hier weg, Jessye. Weg.'

De gedreven manier waarop hij dat allemaal zegt beang-stigt haar enigszins. Dat 'weg', hoe weg was dat? Ze kijkt naar het tafelblad en hij raadt wat haar zorg is. 'Misschien mag ik dan, in mijn straftijd, een opleiding volgen. Mijn advocaat gaat het samen met mijn bekentenis aan de rechter voorleg-gen.'

Manú doet zijn best haar blik te vangen, die zij strak op het tafelblad gericht houdt. Hij dwingt haar hem aan te kijken, hem te geloven. Waarschijnlijk is wat hij boven alles wil, dat zij hem gelooft. Pas dan kan hij het zelf geloven.

'Als het anderhalf jaar wordt kan er drie maanden vanaf voor goed gedrag.'

Ze kijkt naar hem, haar wenkbrauwstreepjes opgetrokken.

'Alles bij elkaar duurt het nog een jaar, met aftrek van mijn voorarrest. En dan kan ik beginnen als loodgieter, dat lijkt mij een mooi vak, en altijd werk. Op de Antillen had ik een oom die loodgieter was en rijk, man!' Eindelijk lacht hij. Zij lacht ook.

'Hou jij het nog een jaar uit?' Hij pakt haar handen vast die voor hem op tafel liggen. Zo blijven ze zitten tot een detentie-medewerker er wat van zegt. Ze huilt, zelf denkt ze van geluk.

'Wil jij op mij wachten?' Hun handen zijn weer los van el-kaar. En zij knikt ja maar zegt niets.

'Ik zal alles doen om een recht mens te zijn. Dat beloof ik jou.'

Als ze terugfietst naar huis, komen nog steeds tranen uit haar ooghoeken, die drogen in de tegenwind. Aan de sponta-ne abortus denkt ze nu pas weer.

29

Fatima heeft nieuws dat ze op de galerij waar ze beiden wonen, niet voor zich kan houden.

'Wai kraijgen van Stadsverniewing huis! Mooi huis, beneiden, gain flet. Goet voer kienderen. Heel heel mooi!' Haar wangen trillen. Ze heeft het net gehoord.

Jessye feliciteert haar en vraagt wanneer ze gaat verhuizen.

'Weet niet, twai, drei manden, misschien fier? Folgend jaar, flat gesloopt!' Fatima uit haar blijdschap met meer expressie dan Jessye zou verwachten.

Over de sloop doet Jessye onverschillig. Niet omdat ze van zichzelf weet dat het haar bang maakt dat ze weg moet. Of omdat ze om die flatkolos zou geven, gewoon omdat ze er opgegroeid is en nooit van is weggeweest. Afgezien van de flat van haar moeder kan ze zich geen andere woning voorstellen om in te wonen en al helemaal geen huis op de begane grond met een tuin voor en achter. Het lijkt haar onveilig, zoals van alle kanten vreemden of hun blikken kunnen binnendringen. Nee, een huis waar Fatima zo blij mee is, daar moet zij niet aan denken.

Ze probeert krachtig in een andere richting te denken. Dat lukt haar.

In één aquarium treedt vissensterfte op. Harry staat voor een raadsel. Het betreft een bak met Zuid-Amerikaanse vissen. Er leven pantsermeervallen, een paartje antennemeervallen, een school roodbekzalmen en een kleine school karperzalmen waaronder de eerste slachtoffers vallen. Aanvankelijk houdt

Harry het voor toeval, maar na het vierde slachtoffer dat in die week komt bovendrijven, begint hij met een reeks metingen. Steeds denkt hij de oorzaak van de sterfte te vinden en een oplossing te weten, waarna hij uitleg geeft op de bank aan Lin, die zijn inspanningen volgt. Jessye haalt bij de vissenspeciaalzaak wat nodig is voor de remedie. Tijdens voedertijd bestuderen ze alle drie de manier waarop de vissen op het eten reageren, of ze geïnteresseerd aan komen zwemmen of tekenen van ziekte vertonen, zoals zich verschuilen achter een neprotsje of lusteloos blijven hangen in de stroom. Ze tellen en hertellen de gezonde vissen met hun neus voor het glas. Lin merkt dingen op als 'Number five ies suspect!'.

Nu ze het bejaardenwerk via Wallie wel kan vergeten, zou ze nieuwe klanten moeten werven. Trouwe klanten van de kapsalon bellen nog wel maar het worden er minder. Ze hangt kaartjes bij de supermarkten in de buurt met het logo van de kapsalon goed zichtbaar onder een foto van een opvallende nagelapplicatie. Ze besluit weer regelmatig kerkdiensten bij te wonen zodat ze gemeenteleden spreekt en kan adverteren in het krantje. Het zou helpen als ze een verslagje had van Stans over de missie. Maar van Stans hoort ze weinig. Over de toestand met Harry mailt ze hooguit een sterk afgezwakte versie. Nu ze ouder is, ziet ze duidelijk hoe onwaarschijnlijk het is dat Stans hem zelfs ooit gemogen heeft, en dat zij het product is van een groot toeval.

Ze krijgt de dagen erna twee telefoontjes naar aanleiding van het kaartje bij haar eigen super. Een man, hij heet Raymond, vraagt of ze aan huis komt en ook of ze massages geeft.

'Nee, Raymond, ik kan je haren wassen en knippen en je nagels doen maar ik doe geen massages.'

'Ook goed,' zegt Raymond en hangt weer op.

Voor de nieuwe nagelklant doet ze enige investeringen, zoals verschillende flesjes nagellak in modieuze kleuren.

'Oké, kom dan maar bij mij thuis,' had het meisje gezegd toen Jessye uitgelegd had juist bij klanten langs te gaan om de kosten laag te houden.

Als ze bij het portiek aanbelt en naar Sharida vraagt, stuurt een barse vrouwenstem haar weg.

'Hier woont geen Sharida.'

Even later belt Sharida, die op het adres waar ze is weggestuurd, zit te wachten. Ze zegt: 'Als je nog een keer aanbelt, doe ik zelf open.'

Jessye loopt terug over het meanderende asfaltpad aan de voet van de oude flat. Ze neemt zich voor het geld vooraf te vragen. Als ze aanbelt, wordt de portiekdeur zoemend opengedaan. Op de galerij van de zevende verdieping staat Sharida haar in de open deur op te wachten. Ze is een donkerbruin, broodmager meisje van haar eigen leeftijd met een smal gezicht en bolle ogen waarmee ze Jessye vluchtig monstert, waarna ze haar blik neerslaat en op haar nagels gericht houdt.

'Wat doet dat meisje hier?' hoort ze de stem die haar had weggestuurd vragen. In de keuken staat wijdbeens een Surinaamse met een doekje om haar hoofd.

'Dat gaat je niet aan,' snauwt Sharida over haar schouder en glipt een slaapkamer in.

'Dit is míjn huis,' sist de vrouw met het doekje.

Voordat ze de slaapkamerdeur achter zich dichttrekt, zegt Sharida: 'Je zoon betaalt hier anders wél de huur.' Waarmee ze de zaak als afgedaan beschouwt en zich op het bed laat vallen. Jessye kijkt om zich heen of ze een stoel ziet. Sharida gebaart met een hoofdbeweging naar de hoek waar een poefje staat van roze teddybeerstof, verborgen onder een berg kleren.

'Gooi er maar af,' zegt Sharida. Jessye sleept de poef, die zwaarder is dan je zou denken, tot vóór het bed waar Sharida op ligt en vraagt wat ze wil laten doen. Sharida geeft een slappe hand die Jessye aanpakt als een kostbaar voorwerp en neemt de tijd om Sharida's nagels te bestuderen. Sharida tuurt naar haar andere hand. Als het stil blijft, geeft Jessye de hand terug en vraagt of ze misschien advies wil?

'Heel lang en zwart,' besluit ze eindelijk, zonder veel enthousiasme, alsof het een onder grote druk afgedwongen besluit is.

'Mooi! Aanplaknagels of acryl? Acryl is sterker, heb je dat al eens geprobeerd?'

'Eh, acryl is oké.'

'Dat is vierentwintig euro, ik wil het graag meteen. Dan kunnen we beginnen.'

Nu gaan de bolle ogen van Sharida open, ze grijpt haar mobiel en begint te bellen.

'Het is veel werk,' voegt Jessye verklarend toe. 'In een nagelstudio rekenen ze bijna veertig.'

'Dat nagelmeisje is er, zij wil geld.' Sharida legt de mobiel aan haar oor op het kussen. 'Jij moet het brengen.' Ze lacht een kort, schichtig lachje, waarschijnlijk om de aangesprokene tegemoet te komen. Ze zegt: 'Heb ik niet meer. Op.'

Jessye doet intussen of ze alle vertrouwen in de betaling heeft en spreidt het gereedschap en het materiaal onder handbereik uit op een handdoek zodat het in één handomdraai in haar tas te gooien is.

'Dat doe ik altijd, dat weet jij héél goed... Jaha nu!' Sharida schudt loom haar hoofd. 'Van jouw moeder krijg ik niks, Spike! Jij moet komen!' Ze drukt de gesprekspartner weg, heft haar hoofd schuin omhoog naar Jessye en zegt: 'Komt eraan.'

Jessye maakt bedrijvig de nagels schoon maar verspilt geen gram materiaal. Sharida moet nóg een keer bellen voordat Spike wil komen en als hij eenmaal de slaapkamerdeur opent, een grote jongen met brede heupen en een lijvige crucifix van stralend goud om zijn hals, trekt hij direct geld uit zijn kontzak, telt het uit op haar hand en vertrekt weer naar de keuken waar zijn moeder staat te schreeuwen. Sharida blijft op bed liggen, haar handen beurtelings op een kussen, totdat Jessye klaar is en de vingers met zeker drie centimeter heeft verlengd. De nagels zijn licht gebogen en onberispelijk zwart. Haar eerste kunstwerk.

Sharida uit haar tevredenheid met het resultaat, zo interpreteert Jessye, door roerloos op haar rug te blijven liggen, haar handen in de lucht uit te strekken en ze slaperig te bekijken.

30

Vanaf het moment dat de vrouw van Narad het infuus uit de arm van Lin trekt, verloopt de ontwikkeling uit haar vegetatieve toestand tot huisgenoot in hoog tempo.

Lin draagt Jessye op om bij een bepaalde parkeergarage, op een zeker tijdstip, haar 'family' op te wachten. De 'family' zou haar halen met de auto. Ze dacht dat Lin beweerd had geen familie te hebben. Op de vraag waarom, antwoordt Lin: 'Money! You want money back?' Dat wil Jessye en ze besluit, na haar bezoek aan mevrouw Vogelbos toch maar via die bepaalde parkeergarage naar huis te slenteren. Al voordat het tijdstip is aangebroken, staat ze op de afslag naar die parkeergarage en vrijwel onmiddellijk komt langzaam een zwarte auto uit de garage gereden die voor haar voeten stilhoudt. De achterdeur zwaait open, de man die uitstapt om plaats voor haar te maken, herkent haar. 'You fliend of Lin, hm?' prevelt hij zacht. Ze antwoordt 'yes' en stapt in. Het lijken haar dezelfde mannen als in de woning waar Lin met de ontstoken voet lag en die haar hadden opgehaald van het busstation. Nu ze erop let, lijken ze geen echte familie van Lin of van elkaar.

Van de zwijgende mannen knikt eentje in de richting van haar buik met het kussentje. De anderen volgen met een blik in haar richting, ontspannen vluchtig de aangezichtsspieren waardoor ze er een moment boers en onhandig uitzien. Ze voelt zich veilig. De zwangere verschijning bevalt haar goed. Mensen tonen respect. Mannen die op een chick uit zijn, lopen niet meer met haar mee de galerij op. Toch flirten ze evengoed en houden de liftdeur voor haar open.

De auto rolt solide voort in de juiste richting. Ze verlaten de dreef als ze afslaan bij een wijkje met kleine straatjes en relatieve laagbouw. Het metselwerk van de huizen bestaat uit diverse tinten ruwe roodbruine baksteen die Jessye aan een tweedtrui van Harry doet denken. Het verbaast haar niet dat de Chinezen de weg kennen, wel dat er gestopt wordt bij een steegje achter de tuinen en dat een van de mannen uitstapt en in het steegje verdwijnt. Ter hoogte van Wallie's voordeur komt de auto tot stilstand in de slapende straat maar parkeert niet. De chauffeur houdt de motor stationair, en blijft half in het parkeervak, half op straat staan, pontificaal voor het raam. Twee mannen stappen uit en houden haar tegen als ze ook wil uitstappen. Ze voegt zich naar de kennelijke routine die ze bij de mannen bespeurt en blijft zitten. Als John, Wallie's man, na lang aanbellen opendoet, ziet ze Wallie vanaf een raam in de bovenverdieping naar haar staren. Dat hadden ze mooi niet gedacht natuurlijk, dat ze het geld zou komen opeisen. Jessye kijkt vluchtig naar boven. Met een zure uitdrukking op zijn gezicht overhandigt John een envelop aan een van de mannen.

In de envelop zit meer dan drieduizend, het is geen rond bedrag, er zitten munten bij, waarmee de suggestie wordt gewekt dat alles nu eerlijk en exact is afgerekend.

De mannen zetten haar af bij de flat. 'Thank you very much,' zegt ze tegen hen en later ook tegen Lin die bij de deur staat te wachten in de zijden peignoir waar Harry haar onlangs mee verraste.

'I have good family,' stelt Lin tevreden vast.

Het verontrust haar dat Lin later zegt: 'Now you family too.' Dat Lin in Harry's flat zit en niet bij haar eigen 'family' is, blijft een vraag die niet meer gesteld zal worden.

31

Ze ontvangt een kaartje van Manú, er staat een madonna op met stralen om het hoofd. Krijgertje van de priester, vermoedt Jessye, hij schrijft:

> Lieve Jessye, mijn advocaat zegt dat ik volgende week op maandag bij de rechter moet komen. Het is spannend want ik moet de goede dingen gaan zeggen. Ik probeer vertrouwen te hebben. Niet dat jij dan komt en ik ben er niet. Kom jij dan weer op de maandag daarna? En duim jij voor mij? Ik zal jou missen. Manú.

Ze krijgt een zenuwaanval. Dat denkt ze althans. Ze gaat naast Lin zitten die nog maar af en toe plaatsneemt op de bank. Lin is buiten geweest, ze maakt korte wandelingetjes met Harry, waarbij zij hem leidt als hij slecht ziet en hij zijn stap inhoudt als haar voet pijn begint te doen.

Er ligt in de kast een stapel ansichtkaarten van vissen uit tropische streken, Jessye trekt er een uit en begint te schrijven:

> Lieve Manú, het is zo verdrietig om te zeggen. Daarom schrijf ik het je. De kindjes leven niet meer in mijn buik. Woensdag werd het jongetje zomaar geboren en een paar uur erna het meisje.

Ze voelt weerzin tegen deze leugen die zo opzettelijk is. Waarom moet je zoiets verzinnen om ongedaan te krijgen wat nooit als leugen was bedoeld. De kaart steekt ze in haar werktas, met de sleutel van de invalide cliënt.

Voordat ze de sleutel in het slot steekt belt ze een paar keer aan. Het is de tweede keer die week dat ze voor de deur staat. De invalide man met de ongebruikte voeten, altijd verrukt haar te zien, verrast over haar stiptheid en betrouwbaarheid, had niet opengedaan. De sleutel die hij haar ooit gaf voor dergelijke situaties had ze niet bij zich gehad.

De voordeur geeft niet mee. Ze duwt met haar hele gewicht de post en kranten weg die de deur op de mat vastklemmen, waarna zoete ontbindingswalmen en de geur van uitwerpselen haar tegemoet slaan. De temperatuur in de woning is zeker boven de vijfentwintig graden. De man zit vredig in zijn rolstoel, zijn hoofd lichtelijk naar achteren geknakt, zijn mond wijd open. Ze besluit op de stoep de hulpdiensten te bellen en af te wachten. Tegen de politie die zij te woord moet staan, verklaart ze een kennis te zijn die af en toe komt om een oogje in het zeil te houden en een praatje te maken. Via de kerk. Ze wacht tot de overledene wordt opgehaald. Het valt niet mee hem liggend op de brancard en in de lijkwagen te krijgen.

In het stukje dat ze voor de Pinksterbode schrijft, verwerkt ze verschillende verhalen die ze van Stans heeft opgepikt, volgens de methode die werd gebruikt in haar kapsalon om klanten via roddel aan de zaak te binden. Met die roddels kon je links- of rechtsaf, zoals het je uitkwam. Ze voelt de vrijheid zoiets te doen zonder de bezwaren die een geweten oproept.

Om te beginnen gebruikt ze het bij haar losse klanten beproefde verhaal over de geruchten van de christenonthoofding in de regio van de missie en de onverschrokken reactie van haar moeder die zich niet uit het veld laat slaan en een schietwapen aanschaft. En ze werkt er een verhaal doorheen over de kapperskant van Stans: ze verzint Suraya, een dood-gewoon meisje uit het dorp dat om onverklaarbare reden en tot haar grote verdriet steeds kaler werd. Haar lange blauw-zwarte haren vielen uit, haar jonge schedel glom in de zon en ze verloor alle geloof in haar Schepper, ook omdat ze als kaal meisje een huwelijk kon vergeten. Stans merkte haar op en nam de beklagenswaardige mee naar de missie. Ze knipte de paar lange haren die nog op haar hoofd sliertten kort af, smeerde de schedel elke dag in met kruidenoliën en bad sa-men met haar tot de Heer. Het hielp! Op haar hoofd groeit nu weer veel en dik haar en Suraya is lid geworden van de ge-meenschap. Ze heeft er ook een huwelijkskandidaat gevon-den met wie ze volgend jaar, het stel is reeds verloofd, in het huwelijk hoopt te treden.

Jessye is tevreden over het artikel, leest het een paar keer over. Wat ontbreekt is een afbeelding. In de post vindt ze een foto van Stans met verschillende inheemsen van het dorp waaronder ook een meisje dat prima voor Suraya kon door-gaan. Ze besluit het artikel met de mededeling waar het om begonnen was, dat zij, Jessye, dochter van Stans, zolang als haar moeder dit belangrijke vrijwilligerswerk mag doen, am-bulant de klanten van een fatsoenlijk kapsel kan blijven voor-zien en tevens allerlei pedicurewerk en nagelverzorging te bieden heeft. Ze zendt het hele verhaal met foto naar de re-dactie.

Als ze gaat slapen doemt de gestorven bejaarde op. Na het vaststellen van zijn dood was ze de woning uit gevlucht om frisse lucht te kunnen ademen. Op het aanrecht had ze de ge-baksdoos zien staan, er was koffie in de glazen kan van het ap-paraat. Het rode lampje brandde. Ze realiseert zich dat het vier dagen en nachten op het plaatje warm gehouden was, voor haar.

32

Bij de Ghanezen wordt, zoals te verwachten was, niet open gedaan. Op de galerij voor de woning van Stans vindt ze haar oude aquarium terug, gevuld met vuilniszakken waarvan het vocht schimmelend en gistend op de bodem is gelekt. Pas in de avond opent een meisje van een jaar of acht voorzichtig de deur en roept haar broer. De ouders zijn niet thuis, ze moet het om tien uur weer proberen, zegt de jongen.

Aan Stans mailt ze intussen dat de Ghanezen uit de woning gaan en dat dat goed uitkomt in verband met de sloop van Harry's flat.

Rond tienen kijkt de hele Ghanese familie haar met grote ogen aan. Ze knikken zorgelijk en blijven knikken als ze zegt dat ze nog een maand in de flat mogen wonen, maar er één juni uit moeten zijn.

'Eén juni,' herhaalt de vrouw in de deuropening, ze kijkt glazig, verbaasd.

'Eén juni, inderdaad,' zegt Jessye. 'Onze flat wordt gesloopt. Mijn vader en ik hebben de woning zelf nodig.' Het is logisch wat ze zegt. Uit de zorgelijke blik van de Ghanese krijgt ze de indruk dat de kern van de boodschap is aangekomen. Eén juni.

Lin zit op een stoel voor de wand van een middelgrote gezelschapsbak. Ze bestudeert de sociale verhoudingen tussen de verschillende bewoners, licht Harry toe.

'Ik wissel Lin af als ik goed zie. Ze doet het voor haar plezier.'

In het aquarium leven vijf rode cichliden vreedzaam samen met enkele dwerggoerami's en eilandbarbelen, misschien een gewaagde combinatie. Ongeveer om de dag komt er een visje bovendrijven. Harry ervaart het als een persoonlijk falen. Zeer omslachtig meet hij de zuurwaarden die steeds in orde blijken. Nu vermoedt hij territoriumgevechten. Dan is de waarneming van belang.

Op de dood van de invalide man had hij met dwaze vlakheid gereageerd.

'Dus hij had een glimlach op zijn gezicht?' Harry's gezicht is smal geworden. 'Misschien verheugde hij zich op iets.'

Veranderingen kunnen zich onmerkbaar voltrekken door hun traagheid of omdat ze worden verdrongen door andere, opvallender veranderingen. Harry's levenslust bijvoorbeeld, die toegenomen was door de aanwezigheid van Lin en de verstarde uitdrukking op zijn gezicht weer tot leven had gebracht.

Stans reageert dezelfde avond al op het vertrek van haar huurders. Er is geen sprake van een verhuizing naar haar flat, schrijft ze, het extra inkomen heeft ze zelf hard nodig. Stans geeft aan hoe er naar nieuwe huurders moet worden omgezien – via de Pinksterbode – en hoeveel huur er dan precies gevraagd kan worden. Een kleine verhoging van de huur zou welkom zijn. Ze meldt dat het dringend is, het is zó één juni. Jessye mailt terug:

Harry en ik hebben de woning nodig. Jij hebt op de missie kost en inwoning. Wij trekken in de flat als de Ghanezen weg zijn. Wij maken de huur naar jou over maar niet wat jij er extra bovenop wil.

Ze is niet kwaad op Stans.

Een meisje van het schoonheidsinstituut belt. De vullingen zitten er lang genoeg in om naar een ruime D-cup te kunnen, zoals ze bij de intake had aangegeven. Het navullen is bij de prijs inbegrepen geweest. Dus maakt ze een afspraak. Het gebeurt gewoon in de schoonheidssalon, legt het meisje uit. De chirurg komt geregeld om kleine ingrepen zoals deze te verrichten. Jessye vraagt zich niet af of ze dat eigenlijk nog wel wil.

Ze vindt een kaartje van Manú in de brievenbus.

Lieve Jessye
ik zal jou maandag missen
ik ben zenuwachtig voor de rechter
maar ik hou het vol omdat ik aan jou denk
ik bel je als ik meer weet
Manú

Ze zoekt geschrokken in haar tas. De kaart over het verlies van de tweeling ligt verkreukeld onderop. Ze scheurt hem haastig tot snippers.

Via de mail ontvangt ze een antwoord van Stans. Of ze wel begrijpt waar ze mee bezig is. Als Harry en Jessye haar belangen niet kunnen behartigen dan wordt ze gedwongen terug te komen om zelf haar zaken te regelen terwijl de mensen haar op de missie nodig hebben. Jessye mailt terug:

Wat wil je? Harry is ziek. Er is iets in zijn hoofd waardoor hij het niet meer overziet. Wat hij heeft weten we niet. Hij loopt bij het ziekenhuis voor onderzoek en daar weten ze het ook niet. Het is goed te merken dat hij elke week achteruit gaat. Misschien kun je terugkomen om ons te helpen? Dat zou binnenkort wel eens nodig kunnen zijn.

Ze verwacht geen antwoord. Over Lin had ze Stans nooit ingelicht en ook nu ziet ze ervan af om dat te doen.

Als ze eieren met spek staat te bakken en de eierschalen weg-gooit, ziet ze weer een roze visje, een zalmachtige, tussen het koffiedik onder het deksel van de afvalbak glinsteren. Lin en Harry zijn aan het meten in het aquarium waar het dode vis-je uit afkomstig is, een andere dan waarin de territoriumge-vechten worden vermoed. Omdat het pompsysteem gemeen-schappelijk is, zou de oorzaak ook in een virusinfectie kunnen liggen. Jessye steekt haar hoofd om de deur, bedrijvig redde-ren de twee tussen de bakken. Ze vraagt of ze nog wat mee moet brengen aan boodschappen. Er komt geen antwoord.

33

De borst wordt warm als de vloeistof wordt ingespoten. Jessye ligt op een massagebed met een handdoek over haar buik, benen en borsten bloot. De man die in een witte doktersjas de handelingen verricht, houdt niet alleen de vloeistof in de gaten die via haar navel door het slangetje naar de prothesezakjes wordt geperst, hij grijnst naar de borst die zichtbaar opzwelt.

'Een mooi resultaat. Wat vind jij?'

'Ja, mooi.'

'Dit wordt echt een grote cupmaat. Zo lijkt het mij wel voldoende. Je moet er ook mee kunnen lopen.'

'Tuurlijk.' Ze was al tevreden met überhaupt een paar borsten. Ze kijkt er graag naar. Ze zijn meer van haarzelf dan wat ook aan haar lichaam. Bepalen wie zij is. Zij heeft ze zelf gekozen.

Dat Jessye ze nu laat opblazen tot een ruime cup D komt door het enthousiasme van Manú, de begeerte waarmee hij naar haar kijkt. Ze denkt zich het verlies ervan niet te kunnen permitteren.

In het warenhuis waar ze een grotere beha aanschaft, ziet ze Dahlia met een kinderwagen. Ze heeft nog steeds geen idee of Manú de vader is van het kind. Hij heeft er nooit iets over losgelaten en zij heeft er niet naar gevraagd.

In de flat worden de bewoners onrustiger. Aan het zorgvuldige, op waarneming, verstand en inzicht berustende beheer van de aquaria is een voorlopig einde gekomen. Niet alleen loopt Lin bezweet heen en weer, met de weerschijn van groenig neonlicht op haar zwarte haar en bleke gezicht, ook de vissen schieten heen en weer over de zanderige bodems. Er wordt hun geen rust meer gegund door het onhandige, halfblinde onderzoek van Harry. Toch is er voor Jessye weinig reden zich ermee te bemoeien, nu een nieuwe samenwerking is ontstaan met eigen regels en een eigen communicatie.

Lin heeft gelukspopjes opgehangen aan de bakken die speciale bescherming behoeven.

'To bling back happyness, good foltune and health for Ha-li and fish.' Lange, kleurige franjes hangen vochtig aan de bovenranden van de aquaria.

In haar eigen kamertje, naast het bureau waaraan zij haar eindexamen heeft voorbereid en de daaropvolgende zomer de onvolledige, schriftelijke cursus doornam, zet Jessye de kartonnen doos neer waarin ze de administratie en ongeopende post van Harry verzameld heeft. Op het bureau plaatst ze de computer. Nu ze geen deel meer uitmaakt van de huishoudelijke dienst, zal ze de leiding moeten nemen. Ze mag het doen naar eigen inzicht. Het voelt als een eeuwigheid geleden dat Harry een rots was. De rekeningen legt ze uit in stapels, aanmaningen bovenop. Ze heeft geen idee wat Harry nog in staat is waar te nemen.

Dagen later vraagt ze hem naar de Hongaar, als ze erachter komt dat het toch van belang is om de woning officieel op Harry's naam te krijgen.

'Ik weet niet of hij nog leeft, eigenlijk.' Harry gaat er even rustig voor zitten. Lin heeft één bak helemaal leeggehaald. De visjes schieten zenuwachtig in de emmers rond als je over het randje kijkt. 'Hij was al tamelijk oud toen ik bij hem kwam wonen. Een aristocraat. Had gestudeerd maar werkte hier als opzichter in de bouw. Hij is na zijn pensioen teruggegaan.'

'Heb je geen adres van hem in Hongarije?'

'Hij had daar nog familie.'

'Misschien weet die familie iets.'

'Zat altijd viool te spelen in zijn studeerkamertje, vreselijk was dat, vreselijk. Niet om aan te horen.'

'Ik kan me er niks van herinneren.'

'Aardige, rustige man. Voor jou speelde hij Hongaarse kinderliedjes.'

'Oh ja, nu weet ik het weer. Ik wist niet dat hij hier wóónde.'

'Dit was zijn woning, ik mocht bij hém inwonen, maar later zat hij alleen nog in het studeerkamertje. Hij zette daar toen ook zijn bed neer.'

'Ik wil zijn adres. De woning moet op jouw naam. Hij moet uitgeschreven worden.'

'Hm. Ik moet het ergens hebben.'

Manú belt.

'Ik heb nieuws, ik ben bij de rechter geweest.'

'Vertel op!'

'Het ging heel goed.' Hij klinkt schor, kucht obstakels op zijn stembanden weg. 'Het rapport was gunstig. Ze zeggen dat ik begrijp waarom het mis ging en hoe ik mezelf weer in de hand kan krijgen. Ik heb de rechter verteld dat ik veel heb nagedacht over hoe ik mezelf zie in de toekomst. Dat ik er alles voor over heb om een vak te leren en met een eerlijk geweten wil gaan leven als ik hier uitkom. Jou heb ik ook genoemd, en dat we kinderen gaan krijgen. Ook Michel, de priester, weet je nog, ik heb over hem verteld, zei dat ik een tweede kans verdien. Ik ben blij, ik ben blij!'

'Hebben ze gezegd hoelang je nog...?' Ze wil het niet vragen maar het rolt uit haar, vanzelf, omdat het de vraag is die bij een vonnis hoort, en omdat ze genoemd is bij de rechter en er de zenuwen van krijgt dat hij het allemaal zo serieus neemt.

Ze hoort hem aarzelen. Hij moet er nog bij rekenen. 'De advocaat zei twee jaar en drie maanden maar daar gaat nu dus

al acht maanden vanaf van het voorarrest. Dan hou je nog...
dan hou je nog één jaar...' Zijn stem klinkt weer laag, mannelijk, hoewel het woord 'over' er gedempt uitkomt. '...en zeven
maanden. Maar dan, dan,' hij krijgt zichzelf weer in de hand,
spreekt haastig, 'krijg je nog aftrek voor goed gedrag. Michel
zegt dat als ik zo doorga als ik nu doe, dat ik dan zeker strafvermindering krijg voor goed gedrag.'

'Nog één jaar en zeven maanden.' Ze doet moeite het luchtig te laten klinken.

'Nee, nog één jaar, die zeven maanden gaan er zéker af.
Voor goed gedrag, dat wéét ik. Ik heb altijd verkeerd geleefd.
Maar nou ga ik het niet meer verzieken. Ik grijp de kansen die
ze mij geven. Begrijp je? Die grijp ik, geloof me.'

'Tuurlijk geloof ik je,' zegt ze zacht.

Hij gelooft in zichzelf en het nieuwe leven dat na zijn detentie op hem wacht omdat hij in háár gelooft en wat zij beweert. Hij zit op een goed spoor. Een vlammende schaamte
overvalt haar nu hij zijn hoop op een toekomst met haar en
hun kinderen zo helder als doel heeft. Zijn angst is dat zij het
niet op kan brengen om op hem te vertrouwen en te wachten.
En daarom ook, denkt ze, vertrouwt hij aan haar zijn motie-
ven, vreugde en twijfel in alles toe. Onder het kussentje dat de
dikte van haar buik geloofwaardig verdubbelt, woedt een sa-
mentrekkende kramp, door het acute besef van haar bedrog.

'Waarom ben je zo stil? Het is nog een jaar. Eén klein jaar.
Want ik zit al acht maanden. Ik ga heel snel al, volgende week,
mijn eerste theorie-examen doen. Ik heb vooruitgewerkt, dat
had ik je nog niet gezegd, hè? Daar wou ik jou mee verrassen,
volgende week, als we...'

'Oh ja. Ja? Ik ben heel blij voor je.'

'Het is lang. Maar niet zo lang als ik dacht te moeten.'

'Weet ik. Het is goed te doen.'

'Vind je?'

'Ja.'

'Echt.'
'Ja?'
'Ja. Echt.'
'Ik moet ophangen. Zie ik je maandag?'
'Tuurlijk.'

34

Lin kookt elke dag. Het is eenvoudige Chinese kost. Het smaakt ze goed en hoewel er altijd wat klaarstaat in de keuken en Harry met veel smaak zijn bord leeg eet, verliest hij toch steeds gewicht. Zijn zorgen om de vissen die gestaag blijven sterven zijn oprecht maar niet van een zenuwslopende aard waarmee zijn gewichtsverlies zou worden verklaard.

In de week voordat Jessye haar laatste poging tot een bekentenis aan Manú zal doen, krijgt Harry in het ziekenhuis een recept voor zeer sterke pijnstillers voorgeschreven die maken dat hij nóg gelukkiger en rustiger op de bank naast Lin zit. Als Jessye bij Harry doorvraagt om erachter te komen wat de dokters nou van zijn tijdelijke blindheid weten, biedt hij haar geen enkel aanknopingspunt. Hij beweert zelfs dat de medicijnen een oogontsteking bij hem moeten afremmen. Over de Hongaar is ze een paar keer zonder resultaat begonnen. Het lijkt of Harry zich de man niet kan herinneren, ook niet als ze begint over de Hongaarse kinderliedjes die hij voor haar op zijn viool zou hebben gespeeld.

Zodra ze ingewijd raakt in zijn schulden besluit ze een andere weg te kiezen. Ze schrijft brieven aan schuldeisers om uitstel van betaling of een betalingsregeling af te smeken. Het zou goed uitkomen als Harry een aantoonbaar erge kwaal zou hebben met doktersverklaring en alles erbij die zijn schulden verklaarbaar en vergeeflijk zouden maken: een herseninfarct, dementie, zoiets. Ze zint op een mogelijkheid dat op papier te regelen. Gemeentelijke hulpdiensten zijn behulpzaam maar traag en op een klein gebied ter zake kundig. Vaak blijkt het

ingewonnen advies strijdig met het advies van een andere afdeling. Of er wordt beweerd dat absoluut eerst een bepaald
officieel document opgevraagd en opgemaakt moet worden
door een of andere instantie zonder welke niets verder kan
worden afgewikkeld. Terwijl een voorlichter van een andere afdeling, met een fris hoofd teruggekomen van vakantie,
meent dat het speciale document dat ze al een tijd probeert
te bemachtigen, nutteloos is als het erom gaat haar vader van
schulden te verlossen. Maar ze zet door; schrijft alle adviezen,
hoe tegenstrijdig ook, in een schriftje, bestudeert ze, blijft on-
bevangen aandringen bij afdelingshoofden en komt langzaam
verder in de stopverfachtige materie.

Bij Jessye zet al dat Chinese eten zeer aan, dat op elk moment van de dag vers in de keuken staat te dampen en door
Lin hartelijk wordt aangeboden. Haar enorm gegroeide borsten passen vanzelfsprekend bij haar stevige buik, heupen en
benen die ze graag in leggings warm houdt.

Ze heeft bewondering voor Manú. Dat hij zijn wandaden en
vergissingen toegeeft. Zij moet ook. In haar hoofd oefent ze
verklaringen die variëren. Ze begint met een uitleg: over haar
onzekerheid, haar vermoeden van Dahlia's zwangerschap,
haar angst weggestuurd te worden. Dat het was begonnen
omdat ze dacht zwanger te zijn. En dat ze zijn aandacht wilde
vasthouden toen ze die eenmaal had. Het is haar gewoonte
niet om te liegen. Ze wil hem geen verdriet doen.

Als ze in haar hoofd zo redenerend met Manú praat, loopt
ze vast op zijn reactie die ze niet kan peilen. Zwarte ogen die
afwijzend op de deur van het keeskamertje gericht blijven en
háár niet meer willen zien, een vuist die machteloos in het
harde matras stompt. Bij alle dingen die ze zich voorstelt,
voelt ze zich intens verlaten.

'Jessye!' Manú veert op van de rand van het bed als ze het kamertje binnenkomt, hij slaat zijn armen om haar heen.

'Meisje,' mompelt hij in haar haar. Ze krijgen extra tijd. Omdat het vonnis is uitgesproken en Manú er blij mee is, mag het van de detentiemedewerkers een feestje worden. Ze leunt in zijn armen tegen hem aan en voelt zich zwak worden. Ze gaat het hem vertellen. Het kussentje is thuis.

'Ik ben zo gelukkig.' Manú praat in haar haren. 'Dat had ik nooit gedacht, dat ik gelukkig kon zijn op een plek als dit hier.' Hij lacht. 'Het liefste was ik natuurlijk al weg en woonde ik ergens met jou. Samen. En...'

'Ik ook, ik...'

'Ja?'

'...moet je wat zeggen.'

'Ik jou ook, ik kan niet wachten het jou te zeggen. This is the very moment, baby.' Hij maakt zijn gezicht los uit haar haren.

'Oh.'

'Yeah, I love you.' Manú zoekt haar handen om vast te houden, kijkt haar schuchter maar plechtig aan, spreekt ernstig. 'So much, baby.' Zij slaat haar ogen neer, zegt niets, kijkt naar de groenige vloerbedekking. Dat had zíj willen zeggen.

'Weet je, eerst zat ik hier als een sukkel die zich had laten pakken. Het enige wat ik kon voelen, hier, was woede.' Hij slaat hard met zijn vuist op de plek waar mensen denken dat hun hart zit, omdat hij het gevoel heeft haar naar zich toe te moeten halen. Hij spreekt langzaam en laat een stilte vallen om wat hij zegt te onderstrepen en in te schatten hoe het bij haar aankomt. 'Zo kan een mens niet blijven ademhalen. En toen kwam jij naar de Bajes maar ik had te veel last van schaamte om daar blij mee te zijn. Dat spijt mij echt, Jessye, want door jou heb ik mijzelf moeten veranderen. Ik zat op een nulpunt toen jij kwam en nu, nu heb ik kansen. Het ging snel, ik kan het bijna niet geloven.' Hij spreekt nu ook via het groenig, kamerbreed tapijt tegen haar omdat zij haar blik niet op-richt.

'Weet je dat ik het eerste loodgietersexamen heb gedaan, voor theorie dan? Ik wist het antwoord op bijna alle vragen.' Nu lacht hij zijn tanden bloot. Hij grijpt met zijn hand naar haar kin om uit haar grijsgroene ogen de oogst te krijgen voor zijn inspanningen. Een man wil zijn krachten beproeven, ook een gedetineerde, maar het mag niet onopgemerkt blijven door de vrouw die hij mag bezitten. Hij begrijpt niet waarom ze huilt, waarom ze niet trots naar hem opkijkt van dat stomme groene tapijt. Hij is uitgelaten en wil dat ze zijn dankbaarheid aanvaardt. Ze knikt met haar blik gericht op de grond.

'Ik hou ook van jou.' Ze kijkt hem in de ogen, want haar liefde voor hem zal alles moeten verklaren. Ze haalt diep adem en begint fluisterend aan de uitleg: 'Je moet begrijpen dat ik onzeker was. Jij was mijn eerste vriendje en ik wist heus wel dat ik niet het enige meisje was voor jou.' Ze zegt het zonder enig verwijt.

'Het spijt mij. Echt. Dat was verkeerd. Nu ben jij de enige voor mij.'

'Dat geloof ik ook,' onderbreekt ze hem, 'en daarom is het moeilijk om met je te praten. Ik had niet verwacht dat je om me zou gaan geven. Ik had er alles voor over. Alles.'

'Heb je een ander?' Hij is bang dat er iets onherroepelijks komt. Een betonblok hem zal verpletteren.

'Eh nee, nee,' zegt ze perplex, 'natuurlijk niet!' Ze roept het half huilend, half lachend en hij, die maar één gevaar ziet omdat hij in de gevangenis zit en haar niet kan bezitten op momenten dat zij het wil, voelt zich bevrijd van zijn grootste angst.

Hij grijpt haar gewelddadig beet, plant een zachte mond op haar lippen. Aan zoiets als een kus had ze niet meer gedacht, dat was een afgesloten weg. Ze wil haar moeizame verhaal voortzetten maar zijn mond omsluit de hare helemaal.

Hij houdt haar gekneveld met zijn armen om haar heen om zo duidelijk te zijn als hij maar kan. Met woorden lukt hem dat kennelijk niet als zij bedrukt naar de grond blijft kijken en vaag zit te praten alsof ze het allemaal nog niet zo zeker weet over hen tweeën. Daar moet ze mee ophouden. En hij houdt haar vast tegen zich aangeklemd waarmee hij alles zegt, dat hij haar niet, nooit kwijt wil en dat hij alles zal doen wat in zijn vermogen ligt. Ze probeert zijn armen weg te duwen, weer iets te zeggen maar eerst moet ze ademhalen. Hij laat haar diep inademen en zuchten en als hij merkt dat ze het weer gaat proberen, dekt hij haar mond opnieuw met de zijne af. Haar weerstand ebt weg, ze is een grote vrouw, groter dan hij en zij vormt zijn wereld nu want hij heeft zich in die wereld geworteld en ze laat zich door hem vasthouden, ze zucht en als hij haar mond van de zijne laat ontsnappen. 'Really, really love you, babe,' prevelt hij nog, waarop zij haar ogen sluit. 'Ik ook van jou,' zegt ze en geeft haar pogingen definitief op. Ze is geen leugenaar. Ze heeft een bouwwerk laten ontstaan, een kunstwerk van hoop. Hij is het zelf die haar dwingt dat perspectief intact te laten. Wat kan ze anders dan hem tegemoetkomen? Het voelt eigenlijk heel goed, het is oké. Ze voelt het nieuwe succes van haar borsten. Zijn handen schieten onder haar kleren over haar blote lijf.

'Oh Lord, ik mag niet in je. Dat moeten wij nu echt niet meer gaan doen. Ik wou alleen met je praten.' Manú laat haar hand niet toe in zijn broek: 'Stop nou. Dat houd ik niet uit,' sist hij lachend in haar nek en omdat ze niet luistert, strenger: 'Niet doen!' Maar ze doet het toch en op wat ze nog meer doet, had ze zich ooit, maanden geleden, in alle droogte voorbereid. Ze daalt met haar warme mond tot op de hoogte van zijn gezwollen geslacht, dat als een ferme zijtak van een bescheiden boom zijn reikwijdte toont, pelt de broek van de tak en doet zuig- en likwerk dat ze afgekeken had van een fragment uit een pornofilm. Veel in het leven is imitatie en die van haar slaagt overtuigend bij de eerste poging, te horen aan het gekwelde, onregelmatige gezucht boven haar. Hij komt klaar in de billenachtige gleuf tussen haar opeengepakte borsten en pas daarna gaan ze op het bed liggen. Ze houden elkaar vast. Dit is een moment om te bekennen maar ze ziet de zin er niet meer van, valt in slaap en wordt wakker als de detentiemedewerker op de deur klopt.

'Hé Manú, je hebt nog even hoor, maar ik zou je wat brengen. Je weet wel.'

'Yes man, ik kom eraan.' Manú staat haastig op, trekt zijn broek al lopend omhoog en klopt op de binnenkant van de deur. 'Geef maar, we zijn aangekleed,' zegt hij tegen de man die de deur aan de buitenkant van het slot haalt, opent en discreet alleen een papieren tasje naar binnen steekt.

'Alles oké hier?'

'Helemaal oké.'

Jessye is rechtop gaan zitten en kijkt hoe Manú het tasje van de hand aanpakt en op bed zet.

'Nog tien minuten,' zegt de man. De deur wordt van buitenaf weer gesloten.

'Ik heb wat voor je.' Manú knikt naar het papieren tasje dat voor haar is bestemd. Ze buigt zich naar het tasje en haalt er een groot, zwart T-shirt uit met een opdruk van vuurwerk dat in gouden banen uiteenspat rond de tekst BIG MAMA, in rode letters. Manú grijnst, zij kijkt ernaar met grote ernst.

'Er zit nog meer in,' zegt Manú met onverholen trots, waarna zij gedwee weer in het zakje graaft en twee piepkleine T-shirtjes opdiept. Een zwarte, waarop met gouden letters BOY staat, en een hardroze met in zilveren lettertjes LOVELY GIRL. Jessye staart naar haar handen, die slapjes het glinsterende textiel vasthouden, voordat ze zich weer kan bewegen. Manú staat blij naar haar verblufte reactie te kijken.

'Hoe kom je daar nou aan?' lukt het haar te zeggen.

'Van Curaçao, mijn moeder zit daar met haar nieuwe

vriend. Ik heb de tekst en kleuren met Michel uitgezocht, de priester, je weet wel. Hij heeft ze via internet besteld. En m'n moeder heeft ze opgestuurd. Goed gelukt, hè.'

'Heel goed gelukt.'

'Ik vind ze zelf heel mooi.'

'Ja, mooi.' En omdat hij meent haar ontroering en ongeloof te zien, gaat hij naast haar zitten op de rand van het bed, slaat zijn arm om haar heen, zoent haar in haar nek en blaast zachtjes in een oor om haar aan het lachen te krijgen. Ze houdt haar blik verstard op haar handen gericht. Hij denkt dat ze opziet tegen de eenzame tijd, zonder hem, van het baren en zogen, en dan met twéé, want ze is een blank Hollands meisje en die zijn gewend dat er dan voor ze gezorgd wordt, dat ze beschermd worden. En dat vindt hij nu eigenlijk ook, dat het zo hoort. Hij denkt in zijn cel veel na over zulke dingen en praat er met de priester over.

'Wil je dat ik me *niet* laat overplaatsen?' vraagt hij.

'Wat bedoel je?'

'Nou, als ik dit examen heb gehaald, moet ik nog een theorie-examen doen en als ik daarvoor slaag dan gaan ze kijken waar ik mijn praktijkervaring kan opdoen en dat zijn altijd gevangenissen ver weg van de stad, in het noorden of het oosten.'

'Dat wist ik niet.'

'Dan ben ik ver weg, als jij...'

'Oh.' Het komt teleurgesteld op hem over, zoals ze dat zegt, maar dat is ze niet. Het lijkt haar zelfs een opluchting. Als hij ver weg zit stort het bouwwerk misschien vanzelf in, zonder dat ze zichzelf hoeft te ontmaskeren. 'Je moet gewoon gaan waar ze je naartoe sturen want dan ben je eerder klaar,' zegt ze nuchter, verstandig. 'Dat is belangrijk.'

'Weet je dat zeker?'

'Tuurlijk.' Ze heeft zichzelf weer in de hand. 'Je kan hier niet veel voor me doen.'

'Maar ik ben wel in de buurt.' Hij lacht en tikt op haar benige neusje. 'En ik kan niet weglopen!'

'Dat doe je daar toch ook niet?'

'Zeker weten niet.'

Totdat de medewerker van de gevangenis ze komt halen, blijven ze samen op het bed zitten en houdt hij zijn arm om haar heen geslagen en heeft zij de geschonken shirts in haar handen.

35

Van Stans geen woord. Jessye begint de voorbereiding op de verhuizing met het uitruimen van de kelderboxen. Wat ze nog vindt van de kapsalon sleept ze naar de hoek van de flat voor het grofvuil. In de woonkamer zijn Harry en Lin aan het rondschuiven alsof er geen verhuizing ophanden is. De vissen blijven sterven. In sommige bakken wordt het water rondgepompt zonder dat er nog een vis in de stroming hangt.

Door het wonderbaarlijke artikel over Stans in de Pinksterbode hebben zich drie nieuwe klanten gemeld. Twee oudere dames en de moeder van een lenig meisje dat haar vinger- en teennagels afkluift. De moeder hoopt de dochter te genezen door de hardste acrylnagels te laten aanbrengen op handen en voeten.

Ze ontvangt een brief van het verzorgingstehuis, waarin ze wordt verzocht zich op een zeker tijdstip op kantoor te melden om opheldering te geven over het valincident met mevrouw Simonse. De familie van de overleden vrouw had aangedrongen op onderzoek omdat boven water was gekomen dat een ongediplomeerd en dus onbevoegd pedicure mogelijk bij de val betrokken was. Mocht haar verklaring de vragen niet afdoende beantwoorden dan zou een extern onderzoek volgen.

Ze leest de brief een aantal keer over zoals ze dat met de aanmaningen voor Harry doet en legt hem kalm in een schoenendoos met correspondentie die geen directe reactie vereist.

In de kamers van de woning staan kartonnen dozen. Op de buitenkant van elke doos beschrijft ze waar de spullen worden bewaard, bijvoorbeeld: derde keukenkastje boven de spoel-bak. Ze vult ze met wat niet direct zal worden gemist, Harry en Lin merken het nauwelijks. En ze zorgt dat Harry niet over de dozen kan struikelen. Wat gevuld is en weg kan, zet ze in de berging. De woning raakt steeds beter geschikt voor iemand met een visuele handicap. De berging van Stans pakt ze aan. Meubels die ze denkt te gebruiken laat ze staan. Een paar sporttassen met winterkleding is ze bereid te bewaren maar met een zeker genoegen gooit ze persoonlijke bezittingen van haar moeder bij het oud vuil. Koelbloedig herschikt ze de spullen van haar ouders alsof ze dood zijn.

Het is één juni. Als ze aanbelt bij de Ghanezen en er niet wordt opengedaan, treedt ze binnen met haar eigen sleutel. Er is geen chaos, ze ziet zakken en tassen klaarstaan in de huiskamer, die niet is veranderd. Het voorjaarslicht toont meedogenloos dat de gordijnen tot op de draad versleten zijn. De flat van Stans is ruimer dan die van Harry en er is een extra kamer naast de huiskamer die ze in gedachten heeft voor de vissen die nog over zijn.

Manú hoopt op afdrukken van de echografieën. In zijn nieuwe cel, die al meer een soort kamer mag zijn, wil hij ze ophangen boven het bureautje dat hem is toegezegd na zijn overplaatsing. Die foto's moet ze van internet halen. Ze is handig geworden. Vanaf een maand of vier past een foetus niet meer in zijn geheel op een echografie, dus print ze twee eenlingfoetussen uit van veertien weken oud. Ze heeft het beloofd.

Laat op de avond doet ze de brief op de post. Rituelen om haar angsten te bezweren of verlangens uit te laten komen, laat ze achterwege. De zwangerschap houdt ze aan en ze weet wat daarvan kan komen. Het zal haar offer zijn. Er zijn momenten waarop ze het verlies voorvoelt maar haar talent om zichzelf in hypnose te brengen, maakt dat ze strategisch blijft

denken op de wegen die ze inslaat. Zo blijft ze met een mate van opgewektheid in voeten wroeten, kapt ze uitgedunde,
vlossige oude haren en voert gesprekken die haar weinig inte-
resseren terwijl haar klandizie per week terugloopt.

36

Een babybox die de Ghanezen in het zijkamertje hebben achtergelaten, besluit ze in de berging te bewaren. De zakken en tassen met kleren die in de woonkamer van Stans' flat staan, zet ze op de galerij in de plaats van het kapotte aquarium dat ze op een verhuiskarretje naar beneden zeult om bij de afvalcontainers te zetten. Ze huurt een apparaat waarmee ze het kamerbreed tapijt schoon schuimt. De klus duurt eindeloos. Uit het reservoir van het apparaat blijft maar vettig modderwater komen. De vloerbedekking is oud maar onverwoestbaar, de kleur ondefinieerbaar en niet besmettelijk: wat er door de jaren op gevallen en ingesmeerd was werd barmhartig opgenomen.

'Ik wil niet weg,' zegt Harry eenvoudig als de woning van Stans heringericht en schoon is, het tapijt vele tinten lichter en eerder paars dan bruin blijkt, en Jessye over de verhuizing begint.

'Ik ook niet Har maar onze woning gaat neer.'

'Ik wil niet verhuizen.' Harry staat midden in de kamer en Lin merkt het staccato van de zinnen op. Ze blijft op een afstand kijken en volgt het gesprek visueel, als een tenniswedstrijd.

'Onze flat wordt gesloopt, dat weet je toch.'

'Nu al?'

'Ja. Heel snel, om ons heen zijn de bewoners ook aan het verhuizen. Fatima en Ahmed gaan volgende week in hun nieuwe huis, de Rastafari's zijn twee maanden geleden vertrokken en die Tsjechen, die zijn terug naar Tsjechië, en die bejaarde mevrouw, je weet wel, die ernaast woonde, die mevrouw is opgenomen in een verzorgingstehuis, versneld, vanwege de sloop. Meer dan driekwart is vertrokken.'

Harry kijkt somber om zich heen, wat hij nog ziet, kent hij tot zijn geluk al lang. Hij wil niets nieuws.

'De flat lijkt precies op onze flat. Alleen verhuizen is vervelend vanwege de vissen.'

'Is het een nieuwe flat?'

'Nee. Zoiets als deze.'

'En die wordt niet gesloopt?'

Ze twijfelt. Eigenlijk weet ze het niet. Er zijn discussies in het stadsdeel en een definitieve beslissing over de sloop werd steeds uitgesteld.

'Nee, nu niet, misschien ooit, in de toekomst willen ze van al deze flats af geloof ik. We moeten érgens wonen, Harry. Er is ons niks aangeboden of zo.'

Harry zinkt in de kunstleren zitbank. Jessye wenkt Lin naar de keuken waar ze het hele verhaal over de verhuizing in het Engels herhaalt. Lin kijkt verslagen naar het zeil op de keukenvloer. 'Sad. Ha-li wishes to dai in zis appartment, you know.'

Aan Lin vraagt ze de vissen met een laagje aquariumwater in afsluitbare emmers te doen. Een voor een wil ze de bakken overbrengen met Narad, die een busje kan lenen van een collega. Ook zonder water zijn de glazen bakken zwaar, dus laat ze Lin de stenen en het sierwerk van keramiek in kratten doen, het zand en de planten in emmers. Ze heeft moeite, de eenheid die Harry met zoveel toewijding gesmeed had te verbreken, uit elkaar te zien vallen in betekenisloze elementen.

Na de ramp met de Boeing waren de vissen in hun leven gekomen. Harry was langs de waterpartijen gaan zitten en was blijven staren naar de weerspiegeling van de bomen, de lucht, de flats in het wateroppervlak. Het kalmeerde de stekende pijn achter zijn ogen. Om rustig aan de waterkant te kunnen zitten was hij met de hengelsport begonnen, maar als een vis zich in zijn aas verslikte, voelde hij zich schuldig. Rond die tijd werd wetenschappelijk bewezen dat vissen ook een gevoelig zenuwapparaat bezitten. Bovendien bleef hij zich buitenstaander voelen, wat heel natuurlijk is als je op je truck door de wereld trekt en landschappen als een decor aan je voorbij ziet komen, maar langs je eigen sloot krijg je de schurft in. Daarom had hij zin gekregen om wat dieren uit de sloot te halen en in een bak te houden. Het had veel tijd gekost om het samengeperste leven in banen te leiden maar toch was de Hollandse bak hem gaan vervelen. Hollandse vissen zijn gestreept of gespikkeld maar allemaal grijsbruin als rivierklei. Pas na jaren van zelfstudie, alle ichtyologische boeken van belang op het gebied van tropische rivieren en meren had hij doorgewerkt, stond hij zichzelf toe om zijn verlangen naar kleur te volgen.

Het lukt Jessye om Harry aan het werk te krijgen. Hij besluit mee te werken onder voorwaarde dat ook het water uit de bakken in emmers zou worden overgebracht, minstens tweederde deel. Het water zou de bestanddelen bezitten die de vissen nodig hebben om de stress en de verhuizing te overleven. Jessye is tegen meer vracht, maar geeft zich gewonnen als Narad zegt dat hij grote jerrycans in zijn kelderbox heeft staan. Ze laten Harry het water met een tuinslangetje aftappen.

Jessye, Narad en Lin, die onderhand weer prima loopt, verhuizen de vissen, de aquariummeubels met de laatjes, de zitbank, de bedden en de jerrycans die Harry vult. In het zijkamertje stelt ze de aquariummeubels naast elkaar langs de wand op. Als aan het einde van de dag de bedden, de aquaria, de kunstleren bank op hun voorlopige of definitieve plek staan, komt Harry met het laatste ritje mee. Tevreden stelt hij vast dat de galerij op die van zijn flat lijkt maar als hij de woning binnenstapt, constateert hij ondanks zijn slechte zicht: 'Dit is de woning van Stans.'

'Ja pap, dat is zo.'

'Hier kunnen we niet wonen.'

'Oh jawel pap, tuurlijk kunnen we hier wonen.'

'Dat vindt Stans nooit goed.'

'Ze vindt het goed.'

'Kan niet. Zo is ze niet.'

'Ik woon hier ook, het is mijn huis, ik sta hier ingeschreven.'

'Jij hebt helemaal geen rechten.' Harry blijft in het halletje staan, zijn postuur niet ingekrompen en tastend zoals het laatste halve jaar, maar opgericht, groot vult hij het vertrek.

'Dan wil ze geld.'

'Wij betalen wat zij betaalt.'

'Ik geloof het niet. Waar is ze?'

'Indonesië. Ze komt toch niet terug.'

'Mmmm.' Zijn voeten wijzen in de richting van de voordeur.

'Waar wou je heen, Har? Onze flat gaat echt neer, hoor. En we hebben niets aangeboden gekregen. Ik ga een biertje halen.' Ze laat hem staan met z'n jas aan in de hal, wetend dat hij moet bijdraaien en geeft hem een koud biertje, de koelkast van Stans is vrij nieuw. Ze gaat de bedden opmaken. Als Lin een kastje heeft uitgesopt, leegt ze een verhuisdoos met keukenspullen en ruimt het in. Na een halfuur op de gang te hebben gestaan, duwt Harry de deur naar de huiskamer open.

'Waar is dat gifgroene wandmeubel met de tv?' roept hij.

'Weggedaan, Har,' antwoordt Jessye.

'Ah! Mooi zo,' zegt Harry, en treedt binnen alsof dat wandmeubel het obstakel was om de woning te accepteren.

'Kijk, daar staat de bank, we hebben hem weer bij het raam gezet. Deze gordijnen gaan weg, die van jou hang ik morgen op.' Hij knikt, voor de zekerheid neemt ze hem bij de hand maar hij maakt zich los. 'Ik zie het, ik zie het. Vanavond zie ik vrij goed.' Hij vindt zijn weg naar het zijkamertje en de vissen waarvan de meesten nog in emmers rondzwemmen. Op een kruk, uitklapbaar als trapje, gaat Harry zitten, omhuld door het avondlicht dat alweer langer in de kamers blijft hangen, en bestudeert de opstelling van de bakken.

37

De week na de verhuizing heeft ze geregeld werkafspraken. Ze hangt gordijnen op. De vissen vinden in de loop van de week een nieuw thuis en dat gaat heel eenvoudig. Er worden geen oude paradijzen hersteld of nieuwe gecomponeerd. De huisvesting is functioneel: heeft een bepaalde vissoort beschutting nodig, dan krijgt het een halve bloempot om zich in terug te trekken en planten die de verhuizing overleefden. Harry kan het zelf doen. De onverklaarde vissensterfte lijkt voorbij. Als Jessye bij de oude flat post ophaalt vindt ze een brief van het bejaardentehuis. Omdat ze kan raden waar de brief over gaat besluit ze de envelop niet te openen, alsof ze hem niet ontvangen heeft, en ook de vorige niet. Alsof ze eerder is verhuisd.

Manú belt, hij klinkt schor.

'Hé Jessye, ik mag naar buiten!'

'Hè?'

'Nou já, ik bedoel, weg van hier.'

'Oh? Wanneer?'

'Kan elk moment. Om mijn opleiding af te maken, je weet toch. Al heel gauw. Omdat ik mooie cijfers heb voor theorie.'

'Wat goed van je. Maar waar ga je heen?' Er volgt een stilte en Jessye dringt aan. 'Nou, waarheen dan?'

'Ver weg, Jessye.'

'Nou?'

'Leeuwarden.'

'Oh jeesus. Dat is écht ver.' Eerst lachen ze en dan vallen ze stil.

'Kom je mij dan toch bezoeken?'

'Ja tuurlijk.'

'Michel zegt dat bezoekers eens in de maand treingeld mogen declareren. Zal ik voor jou vragen hoe dat moet? Want het is wel duur.'

'Ja, graag.' Ze huilt, al begrijpt ze de reden niet want ze voelt juist grote opluchting.

'Ze hebben gezegd dat ik wekelijks mailcontact met jou mag hebben. Omdat jij zo ver weg woont en gaat bevallen.' Vanwege dat bevallen komt ze tot bedaren. 'Dus dat is heel goed, toch?'

'Dat is heel goed, ja. Dan gaan we mailen.'

'De foto's van de echo hang ik boven mijn tafel. Ik krijg een eigen werktafel, vanwege de theorie, dat hebben ze gezegd.' Omdat ze niet reageert, praat hij door. 'En alle nieuwe foto's die je gaat opsturen. Dat ga jij toch doen, Jessye?'

'Tuurlijk doe ik dat.'

Nadat Lin de keuken van Stans naar eigen inzicht heeft ingeruimd kookt ze nog gedrevener dan anders. Het avondeten wordt niet meer op de zitbank, maar gezamenlijk aan de eettafel van Stans genuttigd, op een wit Chinees tafelkleed.

'Het is goed hier, eigenlijk. Het is een fijne flat,' moet Harry op een avond toegeven. 'Wel jammer dat ie van Stans is.'

'Ik heb jou ook ingeschreven op dit adres,' zegt Jessye tegen Harry. 'Ik weet niet of het helpt.'

Lin kijkt op. 'Hm, what did you do?'

'I registered Harry on this address.'

Lin kijkt bezorgd. 'Not me, hm?'

'No, I want to but I need your passport and exact name and so. I don't have all that.'

'It's okay, I am happy, I don't want.'

'Sure?' vraagt Harry.

'Yes. I don't want.' Ze kijken verbaasd naar Lin, die met een wakker hoofd nee zit te schudden en nog eens nadrukkelijk 'Don't!' zegt tegen Jessye.

Jessye haalt haar schouders op. 'Ook goed.'

Er wordt gebeld.

'Wat bedoelt u?' Ze krijgt een vrouw aan de lijn die haar beschuldigt, ze begrijpt niet waarvan.

'Haar teen natuurlijk. Na het knippen.'

Ze heeft geen idee.

'De dokter zegt dat je een knoeier bent. Ze zeggen dat die teen eraf moet!'

Als het haar te binnen schiet, drukt ze de verbinding weg. Er wordt opnieuw gebeld. Ze kijkt naar het apparaatje, trillend en rinkelend ligt het in haar hand. Dan duwt ze het ding dat nog van Stans is geweest, al oud en nogal groot is, tussen een stapel T-shirts in de klerenkast. Het trilt en rinkelt gedempt voort, ze laat haar hand er nog even op liggen en duwt het dan diep de kast in.

Er zijn dingen die ze niet weet, kennis die haar ontbreekt. Ze wist het, Harry was het lang blijven zeggen. Daarna is ze het op een zeker moment toch vergeten. Harry zit op zijn kunstleren bank in de huiskamer, hoort het zacht klaterende geluid van de pompen die in het zijkamertje het water zuiveren en ze weet dat hij naar een punt vóór zich staart waar hij niet veel ziet.

'Youl medicines, Ha-li. Youl medicines?' hoort ze Lin vragen.

'Hm. I need new medicines,' hoort ze Harry toegeven.

'Okay, you call hospital!'

38

Misschien was het niet zo'n goed idee geweest naar Patty te gaan, maar veel te kiezen had ze niet. In Paramaribo staan huizen die ze herkent: roodbruine bakstenen muren, smalle hoge schuiframen met witte kozijnen, opgedeeld in kleine vakken. Oude Hollandse patriciërshuizen, onder uitwaaierende palmdaken en een strakblauwe, hoge lucht.

Ze wonen niet ver van de Memre Boekoe-kazerne in een rechte straat met voor en achter een kleine tuin. Patty is dik geworden; vanzelfsprekend is haar buik dik, maar ook haar hals, armen en enkels zijn overmatig gepolsterd nu ze op de laatste dagen van haar tweede loopt. Haar gezwollen gezicht staat vermoeid. Ze draagt een verwassen poloshirt van haar man en haar krullen zijn niet meer los zoals vroeger maar strak in een staart naar achteren. Wanneer Jessye onverwacht voor haar staat is ze eerder verrast om haar zusje te zien, dan, voor zover Jessye kan merken, gelukkig. Hoewel Jessye goed in staat is dat niet met zichzelf in verband te brengen, voelt ze zich toch wat verloren. Denver gaat naar de Mulo, hij is een mannetje dat nergens van opkijkt en zijn tante onverschillig begroet. Eigenlijk is Jaden de hartelijkste van de familie. Hij is sergeant geworden en als hij thuiskomt van de kazerne slaat hij zijn armen om haar heen en zegt dat ze precies op het juiste moment arriveert, hij vindt het geweldig dat ze er straks bij is als de baby komt. En hij biecht het meteen op, hij hoopt hartstochtelijk op een meisje. Hij uit ook zijn waardering voor hoe ze er tegenwoordig uitziet.

'Jij bent een vrouw geworden, Jessye. Een mooie vrouw.'

Ze neemt het compliment lachend in ontvangst en hij vraagt of ze al een vast vriendje heeft, waarop ze blijft lachen bij wijze van antwoord. Over Manú laat ze nooit iets los. Hij is naar het noorden overgebracht, naar Leeuwarden, en zij is aan de andere kant van de wereld. Hij weet niet meer dan dat ze bij Harry en Lin op de bank zit te wachten. Toen Narad haar met zijn taxi naar het vliegveld bracht, zijn ze nog even langs de oude flat van Harry gegaan om post op te halen. Daar vond ze de aankondiging van zijn overplaatsing en een algemeen mailadres van de halfopen penitentiaire inrichting waar hij de laatste tijd van zijn detentie zou uitzitten. In kleine lettertjes had hij bij 'mededelingen' geschreven:

Pas goed op jezelf! Doe voorzichtig. Ik denk elke dag aan jou. Love you baby, with my heart. Manú.

Ze vraagt aan Jaden of ze mag inloggen op haar mailadres om te zien of alles oké is met Harry.

'Ik zal jou niets weigeren, meisje.' Hij brengt haar naar een kamertje waar de computer staat, en het logeerbed waar ze gebruik van zal maken.

De baby die een week later wordt geboren, is het meisje waar de sergeant op hoopte. Licht van huidskleur is ze, met zacht geboortehaar. Als het niet wil drinken, wordt besloten het naar een ziekenhuis te brengen om te zien wat het scheelt. Het kindje blijkt hoge koorts te hebben en wordt opgenomen. Patty blijft ook ruim een week in het ziekenhuis. Jessye kookt voor Denver en wast het uniform van de sergeant. Als het infuus voor de antibiotica nog in het piepkleine armpje van de baby zit, neemt Jessye foto's van haar. Als het infuus eruit is, neemt ze foto's van haar. En als ze de baby voor het eerst in haar armen mag houden, geeft ze haar nieuwe telefoon aan een verpleegster om een foto van hen samen te maken.

Tegen de tijd dat de baby gezond verklaard wordt en naar huis mag, heeft Jessye zich aangepast aan de familie. Als het niet nodig is om het kindje in bad te doen, boodschappen te halen, op te ruimen of schoon te maken, verdwijnt ze naar de logeerkamer om spelletjes te spelen op de computer of Harry's e-mail te checken. Als Denver uit school komt heeft hij voorrang om te gamen. Jaden spoort haar aan om uit te gaan, plezier te maken. Ze houdt het af.

Manú uit zich per mail bezorgd over het uitblijven van de bevalling. Hij vindt het goed dat ze in Suriname bij haar familie is maar vindt dat ze naar een ziekenhuis moet gaan. En inderdaad, als Jessye gaat zitten rekenen, dan zou ze langzamerhand over tijd raken. Ze neemt nog een paar dagen om haar bevalling te organiseren die ze steeds dreigt te vergeten.

Als ze alleen thuis is met de kleine Martha, neemt ze haar op schoot en doet haar het kleine maar toch nog veel te grote T-shirtje aan met LOVELY GIRL in zilveren letters, en laat zich samen met haar fotograferen door een passant op straat. Daarna trekt ze haar het zwarte T-shirtje aan met BOY in gouden letters en zet Martha een petje op met een zonneklep en maakt een foto van het kind dat met kussens gesteund min of meer op de bank zit. Het zijn goede opnamen en Manú is er wildblij mee. Hoe de kinderen heten vraagt hij. Linden Delano en Zoë Joy, ze verzint het ter plekke. Manú had erom moeten huilen, mailt hij, zo werkelijk als zijn leven nu is geworden, hij kan aan weinig anders meer denken dan aan haar en zijn kinderen. Hij werkt hard om zijn goede wil te tonen en vlot door de stages te komen.

Weken later stuurt ze hem een vage foto van de hele familie op een terras met een andere kraamvrouw en haar pasgeborene. Op het moment dat Jaden de foto maakt, heeft Jessye Martha net van hem aangepakt en kijkt bezorgd over de schouders van Patty naar de baby van de andere kraamvrouw die zij in haar armen houdt.

Ze heeft een open retourticket en geen haast naar Amsterdam terug te keren. Met Lin heeft ze regelmatig contact via e-mail of sms. Veel hoort ze niet, behalve dat het redelijk gaat met Harry en met de vissen en dat ze de post bewaart. Omdat haar thuis van alles boven het hoofd hangt, schikt ze zich in het huishouden van Patty. Met het geld dat nog over is van de schuldaflossing van Wallie kan ze het nog even volhouden omdat Lin heeft beloofd de huur aan Stans over te maken. Hoe zuinig ze ook is, in een paar maanden zal ze blut raken.

39

Na twee maanden arriveert Stans om haar nieuwe kleinkind te zien. In de tropen heeft ze het tanige voorkomen gekregen van een fanatiek gelovige, ze draagt de ongeverfde haren lang en grijs in een staart in haar nek. Hoewel Jessye haar laat geloven dat de cliënten tijdelijk door een stagiaire worden bezocht die ze van de opleiding kent, is Stans afwijzend ten aanzien van haar onbetaald verlof. Ze had Stans nooit verteld hoe de klandizie was teruggelopen. En dat ze niet weet of ze die mensen ooit nog terug wil zien.

Stans neemt zonder discussie de logeerkamer in gebruik, waardoor voor Jessye de zitbank in de huiskamer als slaapplek overblijft. Stans doet nu de leuke dingen, baadt het vrolijke, kraaiende meisje en gaat met haar wandelen, en voor Jessye blijft alles in het huishouden over, wat haar in de eerste twee weken van het verblijf in Paramaribo toegeschoven werd. Pas als Lin bericht stuurt dat Harry zijn bed niet meer uitkomt, soms erg verward lijkt en vergeet dat hij Engels met haar moet praten en ze hem dus vaak niet begrijpt, besluit Jessye te vertrekken. Na de aankondiging van haar vertrek draait Stans wat bij en toont interesse voor Harry, al is het van een beroepsmatige soort. Harry is niet alleen nooit bereid geweest in Jezus Christus zijn redder te zien maar heeft Stans altijd als een halve zwakzinnige beschouwd in haar hang naar een almachtige. Dat zijn ziel nu zware beproevingen te wachten staat maar evengoed verloren is, het moment nabij dat Stans' gelijk tot in eeuwigheid zal zegevieren, stemt haar niets milder. Patty lijkt het werkelijk te betreuren dat ze weggaat.

Martha is al bijna een half jaar oud en Jaden benadrukt dat ze weer terug mag, nee, móét komen voor haar eerste verjaardagsfeest. Denver geeft zijn tante een koele kus op haar wang.

Als Jessye de ontvangsthal inloopt op de vlieghaven let ze niet op de wachtende mensen die achter de hekken staan maar op de wieltjes van haar koffer die vastlopen. Opeens staat Narad voor haar. Hij pakt zachtjes haar arm beet als ze opkijkt.

'Jessye, ik kom je ophalen.'

'Wat aardig van je, dank je.'

'Ja, maar het is ook... omdat...' Zijn ogen staan klein en vochtig in zijn gezwollen gezicht, zijn armen hangen slap langs zijn lichaam.

'Wat is er, Narad?'

'Harry,' Narad schudt zijn hoofd.

'Is hij...?' Narad knikt.

'Ik wist het.' Ze lopen naar de taxistandplaats, het helse kabaal van de kofferwieltjes ergert haar. 'Wanneer?'

'Vannacht. Lin was erbij.'

'Was het moeilijk voor hem?'

'Dat weet ik niet.'

'Was hij bij bewustzijn?'

'Ik weet het niet, Jessye.'

Thuis ligt Harry in bed. In de nacht had Lin hem horen hoesten. 'It was stlange cough, Ha-li fought for ail,' tekent Lin Harry's laatste moment. Ze was naast hem blijven zitten ook nadat het voorbij was en ze in de ochtend Narad kon bellen. Narad had na aankomst Shamandrass gebeld.

Het lichaam van Harry is extreem mager. De huid van zijn gezicht spant strak en bleek over zijn schedel.

Een man en een vrouw bellen aan, in rouwzwarte kleding. Er worden handen geschud en er wordt medeleven betoond met het verlies. Jessye laat zich maar heel kort overvallen. Ze realiseert zich dat het veel geld gaat kosten. Resoluut stuurt ze de ongenode uitvaartondernemers weg die haar eerst nog proberen te bewegen tot het afsluiten van een uitvaartlening. Daarna uiten ze hun bezorgdheid over de hitte en dat haar vader niet ongekoeld in de flat kan blijven liggen, ook juridisch niet. Maar ze is onvermurwbaar en stelt alle vertrouwen in de dokter. Samen met hem regelt ze de acte van overlijden en een min of meer Hindoestaanse crematie. De vrouw van Narad legt Harry's lichaam af en Lin zorgt voor een lijkwade van ruwe zijde.

Het is warm in de dagen dat Harry nog in de flat ligt. Door de geur van versgemalen koffie en het branden van wierookstaafjes is het bederf goed te verdragen. Narad brengt de zijden zak met het lichaam van Harry, in de oude taxi die hijzelf nog had bestuurd, naar de achterzijde van het crematorium. Daar wordt de zak met het lichaam op een brancard geladen met wieltjes onder het ligvlak en naar de brandende oven gerold. Als de ovendeur opent, schrikt Jessye van het harde suizen van de gasvlammen. Lin staat klein, stil, kaarsrecht en kijkt de zak na totdat hij met Harry in de oven verdwenen is. Narad en dokter Shamandrass zingzeggen een Hindoestaans gebed met hun ogen dicht.

40

Vrij snel vindt ze een baan aan de kassa van een bouwmarkt voor doe-het-zelvers. Naar de bouwmarkt waar ze de zaterdagkassa deed, wil ze niet terug. Ze vreest vragen over haar zwangerschap.

Er wordt een klantgerichte aanpak van haar verwacht maar ondanks haar stugheid komt Jessye door de proeftijd van drie maanden en krijgt ze een aanstelling voor de hele week. Ze is opgelucht niet meer afhankelijk te zijn van cliënten en heeft haar terugkeer uit Suriname niet gemeld in de Pinksterbode. Haar besluit omgang te krijgen met collega's van de bouwmarkt is oprecht en ze gaat opgetogen mee met een personeelsuitje op een boot door de grachten van de oude stad. Als ze afmeren om te lunchen, herkent ze het middeleeuws kasteeltje van Manú's ansichtkaart, die ze ver vóór haar reis naar Paramaribo overal met zich mee droeg.

In de gevangenis waar hij met zijn opleiding en het uitzitten van zijn straf bijna klaar is, zijn ze tevreden over Manú. Hij blijft contact met haar zoeken, zijn hoop uiten haar spoedig te zien en laat weten dat hij aan haar en de kinderen denkt. Eerst reageert ze op elk bericht en blijft zijn geloof voeden zonder hem in te lichten dat ze fysiek dichter bij hem is dan hij weet. Over haar terugkeer naar huis en Harry's dood zwijgt ze. Ze begrijpt zelf niet waarom.

Dan beantwoordt ze zijn mails niet meer. Wat zal hij denken? Dat ze in Suriname een ander heeft gevonden of dat ze niet meer om hem geeft?

Later besluit ze, vóór het legen van de prullenmand, de ongelezen mails te openen. In het begin van haar zwijgen vraagt hij zich af waarom ze niet reageert. Maar later, als hij zelf redenen heeft aangevoerd om het te begrijpen, zet hij berustend door in het onbegrepene, in de haast religieuze hoop haar en zijn kinderen te zien. Hij leert wat hem overkomt als een beproeving te ervaren, als de oogst van zijn gemakzucht. Uit zijn laatste mails, die ook een dagboekachtig verslag zijn van zijn vooruitgang in de wereld, al neemt hij er nog geen deel aan, maakt ze op dat hij elk moment in vrijheid kan worden gesteld. Dat hij serieus overweegt een baan aan te nemen bij een bouwbedrijf in Groningen. Die lui van dat bedrijf hadden hem gesteund in zijn praktische opleiding en geloofden in hem als eersteklas loodgieter. Hij vindt het zelf ook wonderlijk, zin te krijgen om in het noorden te blijven hangen. En wat zíj ervan vindt, als ze zijn berichten tenminste nog ontvangt en leest, waar hij op blijft hopen natuurlijk maar al niet meer op rekent.

Ze leegt de prullenmand.

Lin betaalt de huur van de flat contant en meestal een paar maanden vooruit hoewel ze zelf niet vaak meer langs komt. Af en toe strijkt ze voor een paar dagen neer in de flat, kookt voor Jessye, praat een beetje over Harry en vertrekt weer. Zodra ze een nieuw telefoonnummer heeft, ontvangt Jessye bericht. De kelderbox wordt door haar 'family' gebruikt voor de opslag van bronzen boeddha's met antiek patina. Soms krijgt ze de indruk dat Lin meerdere mobiele nummers tegelijkertijd aanhoudt, ze heeft geen idee waarom.

Post die aan Jessye is gericht, opent ze pas na lang aarzelen vanwege haar angst voor de wraaklustige familie van mevrouw Simonse. Ze gaat niet met de metro maar met de fiets naar de bouwmarkt, die op een industriegebied dicht bij de oude stad ligt. Daar in de buurt doet ze ook boodschappen. Het is niet gemakkelijk Jessye te herkennen, ze is slanker geworden door het fietsen naar de stad. Als ze een ontsteking krijgt in een van haar borsten laat ze de inhoud van de prothesen voor een deel leeglopen, wat de man met de witte doktersjas van de schoonheidssalon zonde vindt, maar wel verstandig. Haar haar knipt ze zelf, ze draagt het halflang tot op de schouders en spoelt het kastanjebruin. Het maakt haar minder flets.

Op een dag ontvangt ze een mail van Manú die ze toch meteen opent. Zijn gezicht kijkt haar vanaf een portretfoto direct en ernstig aan. De foto is buiten genomen en Manú knijpt één oog dicht tegen de zon, het kroezende wimperdak half geloken. Op een tweede foto staat hij in lichtblauwe overall voor een blauw busje tussen twee mannen, collega's kennelijk, ze dragen dezelfde overall. Er staat 'Donkersma Bouw' op het busje en op de overalls staat links van de rits een grote D en rechts een B, de collega's glimlachen in de camera. Manú lacht breeduit, vanwege het geluk om buiten te zijn, denkt ze. In de zon.

Hij schrijft:

Lieve Jessye, ik hoop dat jij deze mail ontvangt. Omdat ik niets meer van jou hoor weet ik niet wat ik moet doen. Ik weet niet waar jij en de kinderen zijn en of het goed gaat met jullie.

Op de laatste foto's waren Linden en Zoë vier maanden. Nog even en ze worden een jaar en ik heb ze nooit gezien. Misschien woon jij in Suriname bij jouw familie. Zou jij mij een teken van leven kunnen sturen? Ook als je iemand anders hebt met wie je liever wilt zijn. Het kost mij moeite om dit te schrijven maar als het zo is dan wil ik het weten. Mijn kinderen wil ik zo vreselijk graag zien.

Met mij gaat het goed. Ik werk bij een bouwbedrijf en de mensen daar zijn aardig voor mij. Ik heb een kamer bij de ouders van een collega, ook aardige mensen. Het is op een boerderij en het is tijdelijk tot ik iets anders gevonden heb.

Ik mag binnenkort een dag extra vrij nemen om naar Amsterdam te gaan. Wie weet vind ik jou of weten mensen die jou kennen waar je bent. Als je dit leest laat dan alsjeblieft iets weten. Voor mij ben jij de enige.

Bye, Manú

Het duurt zeker tien minuten voor Jessye zich los kan maken van Manú, die haar met zijn half geloken blik monstert en met zijn afgewogen woorden machtig bij haar binnendringt. Ze doet de mail in de prullenmand, staat op en gaat naar bed. Ze valt in slaap zoals een steen verdwijnt die naar de bodem van een sloot zinkt.

41

Ze had niet veel tijd om naar een kindje in de juiste leeftijd om te zien en aan een vertrouwensband te werken met de moeder. Via internet had ze verschillende oppasadressen gevonden, maar toen het contact met Dorothee eenmaal tot stand kwam – het kind en de situatie kwamen dicht bij het ideale – werd haar toenadering wat pusherig. Die indruk kreeg Jessye althans omdat de moeder zich een beetje terugtrok. Toch stelde ze voor langs te komen en kennis te maken.

Als de deur na langdurig aanbellen opengaat, verschijnt boven aan het trapgat een bleek, gratig meisje van een jaar of zestien, met lang, vet haar en een intens vermoeide blik. De woning is donker, klein en rommelig en ligt op de eerste etage in een oude volkswijk aan de westelijke kant van de oude stad. Het had Jessye een heel gepuzzel gekost er met het openbaar vervoer te komen.

'Ben jij Jessye?' vraagt het meisje aarzelend.

Ze knikt. 'Dan ben jij Dorothee.' Ze voelt zich een stuk ouder dan het meisje.

In de box ligt het kind. 'Dit is Timothy.' Dorothee spreekt met gedempte stem. 'Hij is net wakker.'

Het is een stevig jongetje dat kwijlend op zijn buikje ligt en rommelt met een zachte pluchen kubus die hij in zijn mondje probeert te steken. In één oogopslag ziet ze dat het kind precies goed is.

Uit het mailverkeer had ze begrepen dat Dorothee het kind van een Surinaams vriendje kreeg, dat ze in de woning van familie zit die haar wil helpen een schooldiploma te halen. 's Morgens gaat het kind naar de crèche en Dorothee naar school en 's middags maakt ze haar huiswerk. Dorothee schrijft dat ze het wel moeilijk vindt en eenzaam, maar dat ze weet waar ze het voor doet. Ze werkt in de keuken van een studentencafé. Zaterdagmiddag is ze weg en ze komt pas midden in de nacht terug. Af en toe kan het kind bij haar ouders blijven maar dat willen ze maar één keer in de maand omdat ze vinden dat Dorothee er zelf voor moet zorgen. Dorothee zoekt dus iemand die bereid is om bij Timothy te blijven slapen als zij een late avonddienst heeft. In Amsterdam kent ze niet veel mensen, ze is er toevallig terechtgekomen omdat familie haar deze woning had aangeboden.

Dorothee gaat op een poef naast de box zitten en kijkt naar Timothy. Ze vraagt of Jessye veel ervaring met kinderen heeft.

'Oh ja,' zegt Jessye die doet alsof ze dat niet al per e-mail breed had uitgemeten. 'Ik heb veel voor de kinderen van mijn oudere zus gezorgd in Suriname. En omdat ik ze zo miste, kreeg ik het idee om op te gaan passen. Dat doe ik nu heel vaak. Oppassen.'

Dorothee kijkt afwezig. 'Hij slaapt goed, maar soms wordt hij 's nachts wakker en dan heeft hij honger. Denk je dat jij dan ook wakker wordt? Ik bedoel, omdat je het niet gewend bent.'

'Lijkt me wel als ik naast hem ga slapen.'

'Soms wil hij dan toch geen flesje en ook als hij een schone luier heeft, blijft hij huilen. Dan is het moeilijk om hem te troosten. Het gebeurt maar heel af en toe.' Ze kijkt zorgelijk in de box.

'Nou joh, dan reken ik gewoon dubbel tarief vanaf het moment dat Timothy mij wakker maakt.' Jessye lacht, het klinkt zenuwachtig omdat ze het als een grapje bedoelt en hoopt dat Dorothee het begrijpt en niet terugkrabbelt.

Dorothee lacht ook, ze ontspant, richt haar blik op Jessye

en biedt haar een koude frisdrank aan. Ze spreken af voor het volgende weekeinde. Jessye komt met haar slaapzak, een uur voordat Dorothee naar haar werk moet en dan hebben ze nog tijd om van alles over Timothy en zijn verzorging door te nemen.

Als Jessye het bericht van Manú uit de prullenmand haalt en nog eens doorleest, zit ze rechtop voor het scherm.
Ze schrijft:

Lieve Manú, ik ben blij dat je niet boos op me bent en dat je mij nog wil zien. Er is geen ander. Echt niet, geloof me. Ik was lange tijd in Paramaribo. Mijn moeder kwam daar ook bij ons wonen maar toen Harry erg ziek werd ben ik teruggegaan. Nu is hij gestorven en ik zit alleen op de flat. De kinderen zijn tijdelijk in een pleeggezin. Ze mogen terugkomen als ik mijn leven op orde heb, en een inkomen. Door alle zorgen dacht ik dat het beter was om je niet te mailen. En ik dacht ook dat het misschien beter was om je te vergeten. Dat heb ik geprobeerd. Nu wil ik je heel graag weer zien. Zal ik naar Groningen komen? Ik heb net werk gevonden, maar misschien mag ik een dag vrij nemen.
Zoen van Jessye

De volgende dag vindt ze een antwoord van Manú, hij schrijft:

Lieve Jessye, het is zo goed van je te horen. Wat erg dat Harry dood is en de kinderen niet bij jou zijn. Dat had je me moeten schrijven of zeggen door de telefoon. Ik vind het erg om dat nu pas te weten. Ik wil jou zo gauw mogelijk zien. Het volgende weekeinde heb ik dienst op zaterdag. Kunnen we zondag niet op bezoek gaan bij dat pleeggezin? Ik kan niet wachten, Manú

Lieve Manu, kom dan na je dienst op zaterdag meteen naar mij, dan kunnen we zondag misschien bij ze op bezoek. Lukt je dat? J

Ja! Mijn collega kan de weekenddienst zelfs iets eerder van mij overnemen! Dus dan kom ik meteen naar jou toe. Tot zaterdag! Ik kan niet wachten. M

42

Ze is mooi geworden, mooier dan ze eerst al was en dat ontmoedigt hem. Hoewel 'mooi' misschien niet is wat hij bedoelt. Hij heeft tijd verloren. Tijd waarin zij kon opbloeien op een gewone, huiselijke manier. Hij had gedacht dat hij berusting had gevonden in het tijdverlies, omdat hij het zo helemaal aan zichzelf te danken had. En in dat vacuüm van tijd waren woorden aangezogen, begrippen waarmee hij veel had kunnen verklaren, alles eigenlijk. Maar nu staat zij hier tegenover hem en ze ruikt naar zeep van bloemen die hij niet thuis kan brengen, en hij voelt wat hij misschien verloren heeft. Waarom wordt toch gezegd dat meisjes aantrekkelijker zijn dan vrouwen. Als ze kinderen krijgen verandert alles, dat is natuurlijk. En inderdaad, hij kan het aan haar zien. Nee, misschien is ze niet mooier geworden, maar echt. Ze is echter geworden. Een afgrondelijke angst overvalt hem haar niet te kennen.

Zij wendt haar gezicht schichtig af en laat haar blik naar beneden, naar de vloerbedekking dwarrelen. Die zenuwachtige verlegenheid, die herkent hij. Zijn hand, die afwachtend aan zijn arm hangt, schiet vooruit om het haar uit haar blanke gezicht te vegen en zich als een kommetje om haar wang te vouwen. Ze lacht. Ja, ze lacht. Ze laat zich nog veroveren. Misschien.

'Kon je de weg vinden?'

'Het viel mee. Ik ben er.'

'Je ziet er anders uit,' zegt hij. 'Je ziet er heel goed uit,' verbetert hij zichzelf, 'maar anders.'

'Ja?' Ze trekt haar brede, ietwat zorgelijke wenkbrauwen op die niet meer met een lichtbruin potlood op een kale huid getekend zijn maar uit glanzende, kastanjebruine haartjes bestaan, neemt hem helemaal in zich op. 'Maar jij ook, jij bent ook veranderd.'

'Ja? Wat is er veranderd aan mij?' Hij voelt zich onmannelijk door zijn onnozele wedervraag, maar hij verrast zichzelf door de kracht die hij voelt in de spieren van zijn benen, de manier waarop zijn voeten op de bodem van haar woning geplant staan. Die neiging van hem om door te lopen, zomaar ergens heen, is verdwenen. Zoals hij toen was, zo kent hij zichzelf ook niet meer.

'Je bent groter.'

'Ha. Ja, dat is zo. Jij hebt precies gelijk, ja. Ik voel me ook groot.'

'Je bent er goed doorheen gekomen.' Ze trekt de conclusie in het wilde weg. Dat bedoelt ze niet te zeggen, eigenlijk wil ze iets vragen.

Hij laat zijn hoofd een beetje jazzy bouncen op zijn schouders. 'Eerst moest het fout gaan,' bekent hij door het plafond aan de hemel, 'voordat ik bereid was om na te gaan denken en te veranderen.' Zijn stem heeft een aardse, mannelijke, overtuigende klank, hij hoort het zelf ook. Hij kijkt haar weer aan, hij heeft zoveel al gezegd tegen haar. In zijn hoofd. Alles eigenlijk. Monologen afstekend, in dialoog als ze het niet begreep, haar zinnen radend en haar vragen beantwoordend. Waar moet hij beginnen? Hij weet het niet, haalt zijn schouders op, laat ze hangen, zegt na enige aarzeling: 'Het spijt me, het heeft misschien allemaal te lang geduurd.' Hij merkt het eerst zelf niet, maar Jessye ziet een traan. Zijn wang glanst in het getemperde licht.

'Het geeft niet,' zegt Jessye.

'Oh yes. Ik zie het aan je. Ik hoor het aan jouw stem.'

'We doen het over.'

'Hoe gaat zoiets?'

'Gewoon.'

'Ik weet het niet. Het lijkt juist of alles anders is.'

'Iedereen kan opnieuw beginnen.'

'Zoiets zei Michel ook. En ik heb dat telkens tegen mijzelf gezegd: ga door, er komt een nieuw begin. Het is moeilijk. Jij bent veranderd en ik ben veranderd.'

'Wil je eten?'

'Nee, straks misschien.' Manú loopt door de kamer. 'In Groningen is het makkelijker, daar is alles echt vreemd en nieuw voor mij. Begrijp je dat? En ik wilde hier zijn, bij jou. Zo vreselijk graag.'

'Je moet wennen,' onderbreekt ze hem.

'Misschien is dat het.'

'Er is geen haast.'

'Het was zó groot.' Hij aarzelt, kijkt naar zijn handen die hij samenbalt. 'Ik wilde zó veel. Jessye.' Hij spreekt langzaam met zachte stem. Zij staat onbeweeglijk in de kamer. Hij komt voor haar tot stilstand en slaat zijn vuist met een dof geluid op zijn borst.

'Jij was alles voor mij. Alles.'

'Dat weet ik. Jij voor mij óók, Manú.'

'Ja? Waarom hoorde ik niks meer van je?'

'Daarom juist. Ik werd er gek van. Het leek me, ik weet niet, goed je te vergeten.'

Hij schudt zijn hoofd. 'Ik rekende op jou.'

'Het spijt me.'

'Het was moeilijk om... om door te gaan.'

'Het spijt me, het spijt me.' Ze keert zich van hem af, laat zich op de bank vallen.

'Ik had moeite met slapen, met luisteren naar wat ze van me wilden.' Hij spreidt zijn handpalmen vragend naar haar open. 'Ik wist niet waar ik het allemaal voor deed.'

'Het spijt me. Echt.' Ze zit voorovergebogen met haar armen voor haar maag gevouwen. Ze huilt niet. Ze kijkt naar hem op als ze spreekt. 'Je weet niet hoe het is. Hoeveel ik van je hou, alles wat ik gedaan heb, komt daardoor. Ik weet het niet. Ik weet niet waarom. Omdat ik gek werd misschien. Gek. Ja, gék werd ik ervan.'

'Ik ook, ik werd ook crazy maar ik had geen keus. Ik heb gedaan wat ze van me verwachtten en jou uit mijn hoofd gezet. Ik had foto's van de kinderen. Voor de kinderen heb ik doorgezet.' Hij gaat voor het raam staan, kijkt gespannen naar buiten, naar de onmetelijke ruimtes die zijn ontstaan door sloop, de laagbouw die was opgeschoten in zijn afwezigheid, kranen te midden van zandvlaktes en quasi-bouwsels van gestapeld bouwmateriaal die achter omheiningen zijn weggeborgen. Het valt hem zwaar de oude omgeving te herkennen.

Dat Jessye de radio op zijn favoriete popzender had gezet, dringt nu pas tot hem door en ontroert hem, al luistert hij in het noorden inmiddels naar heel andere muziek. Uit het zijkamertje klinkt gemurmel dat Manú eerst niet opmerkt.

'Hij is wakker,' zegt Jessye en kijkt op haar horloge. 'Hij moet eten.' Ze staat op en loopt naar de keuken.

Het duurt even voordat Manú begint te begrijpen wat ze zegt. Hij draait zijn hoofd naar de deuropening van het zijkamertje en blijft staan luisteren, er wordt geoefend op een keelklank, iets als guh-guh-guh, met uithalen in klankhoogte. Dan sluipt hij naar het zijkamertje. Hij wist het zweet uit zijn nek dat plotseling uit alle poriën van zijn gezicht lijkt te komen. Het kind merkt niets, het lacht en graait met zijn armpjes in de lucht en murmelt guh-guh in de richting van een aquarium. Pas als Manú voor de box staat, houdt het op te lachen en staart met grijsbruine ogen naar de vreemde man. Manú bedwingt een harde lach en de impuls het kind op te pakken. Het dreigt te gaan huilen. Manú stelt zich sussend, met gedempte stem voor als zijn vader. Het kind luistert stil naar de uiteenzetting van Manú over hoe hij de kleine jongen gemist heeft en dat soort dingen meer totdat het met guh-guh begint mee te praten en Manú hem voorzichtig durft op te pakken. Als hij de kamer binnenkomt met het kind in zijn armen, zit Jessye aan tafel te wachten met een opgewarmd glazen potje babyvoeding voor zich.

Manú gaat erbij zitten en zet het kind op zijn schoot. Het trappelt met z'n voetjes, wijst uitgelaten naar het potje terwijl Jessye terugloopt naar de keuken om het lepeltje te zoeken dat ze was vergeten. Hij kijkt naar het kind. 'Het heeft honger, Jess!' alsof dat iets heel bijzonders is.

Ze lepelt het hele potje probleemloos bij het kind naar binnen. Manú kijkt stil toe. 'Een goeie eter, die jongen. Waar is het meisje?'

Jessye houdt haar blik op het jongetje gericht. 'Ziek, al een paar dagen.'

'Maar moet jij dan niet bij haar zijn?' Hij probeert het vriendelijk te vragen.

Ze schudt met haar hoofd van niet. 'Zij zorgen goed voor haar, ze vinden het beter dat deze weg is om niet ook ziek te worden.' Het jongetje lijkt op zijn gemak bij Manú. Hij lacht naar het kind en het lacht terug.

'Kunnen we niet bij ze langsgaan om haar te zien, éven maar, en kennis te maken?' Ze reageert nauwelijks op zijn beleefde, bijna smekende vraag en hij bindt in. Hij wil niets liever dan met zijn vieren maar met drie is ook een mooi begin.

Ze buigen zich samen over het uitgeslapen, voldane jongetje. Het is geen toneelspel van haar. Ze spelen op de vloer met hem en Manú is steeds dicht bij het kind want hij voelt zich minder verlegen met het kind erbij. Hij stelt losjes vragen over dingen die gebeurd waren toen ze elkaar niet zagen. Ze vertelt over de tijd na Harry's dood, haar geldzorgen en Lin, die ze bijna niet meer ziet, zomin als haar moeder, met wie ze niets meer lijkt te delen, wat haar niet deert maar waarover ze zich wel verbaast. Ze vindt dat het goed is zo, het is trouwens niet anders.

Intussen lacht hij en bestudeert de reacties van het jongetje op de dingen waar het naar kijkt. Het heeft grote ogen net als Manú. Manú moet aan zijn eigen vader denken, die hij niet heeft gekend. Met dit kind, en het andere, denkt hij, luisterend naar Jessye, moet alles opnieuw beginnen zoals voor hem en voor haar. Zij gaan het goed doen, al weten ze nog niet precies hoe dat moet. Hij weet zeker dat er betere manieren zijn. Het kind trekt zich op aan de poot van Harry's stoel en blijft een tijdje wiebelend om zich heen staan kijken voordat het zich weer kirrend en kwijlend op de grond laat zakken.

Er is een overgave in Manú die hem sprakeloos maakt. Hij ligt op de grond naast het jongetje dat om hem heen kruipt en voor het eerst sinds jaren valt hij in een pijnloze slaap.

Geruisloos zet ze het eten op tafel. Gerechten die Lin had bereid en die Jessye had ingevroren, heeft ze in de magnetron opgewarmd en serveert ze met wat sla. Als Manú wakker wordt, is het kind weer in slaap gevallen, op de grond, in de lege ruimte waaromheen zijn gestalte gebogen ligt. Het kost hem moeite zijn vorm als beschermende wal op te geven maar Jessye zit al aan tafel. Hij legt een jack over het kind heen als deken en gaat zó aan tafel zitten dat hij naar hem kan blijven kijken.

Eerst is hij stil om het kind niet wakker te maken, daarna vanwege het eten dat erg goed smaakt. Dan geeft hij haar complimenten en zegt dat hij kruidig eten zo gemist heeft en nog steeds mist want in Groningen is het louter Hollandse pot wat de klok slaat. Hij beschrijft wat hij qua voedsel heeft moeten verdragen in de laatste twee jaar en ze raken levendig aan de praat terwijl het kind rustig doorslaapt op de grond. Hij vertelt over de dagindeling en over de keuken waar hij klusjes moest doen en over jongens met wie hij heeft vastgezeten. Hij schept zijn bord drie keer vol tot de schaaltjes leeg zijn. Jessye kijkt stil toe, staat op als zijn bierflesje weer leeg is en loopt naar de keuken waar haar lichaam de late, warme zonnestralen opvangt door het raam. Het is herfst, ze draagt alweer een trui en een legging aan haar stevige, rechte benen.

Ze ademt met korte stoten. Als ze begint te gillen, trekt hij zich uit haar terug. Voor haar is dat geen spel maar een afwijzing. Zijn geslacht blijft hard en hij houdt haar lichaam vast. Als ze bedaart, glijdt hij weer terug in haar want ze is kletsnat en ze is hulpeloos zoals ze nu naar hem opkijkt in het donker en hem waarschijnlijk nauwelijks kan waarnemen terwijl haar huid oplicht bij het geringste kiertje licht. Ze hijgt weer, onderdrukt een kermen door op haar onderlip te bijten.

Hij kijkt opzij, het kind merkt niets. Het slaapt zijn kinderslaap.

Langzaam en ritmisch voert hij haar naar een hoogtepunt tot hij het samentrekken voelt van haar spieren en ze geen kik meer geeft, alsof ze niet meer ademt. Even laat hij haar met rust. Zijn geslacht blijft onvermoeibaar hard en hij laat het weer in haar duiken als haar ronde, blanke lichaam uitgesidderd is. Hij ziet het verdwijnen in het rossig blonde haar dat ook licht geeft in het halfdonker. Alles heeft hij terug in het leven, en méér. Bij elke stoot is hij dichter bij huis. Bij wat hij kwijt was, bij waar hij recht op heeft. Ze voelt als zijn bezit, even, alsof ze helemaal van hem is.

In de nacht begint het kind te huilen. Het is geschrokken van iets in zijn droom of het heeft honger, ze weten het niet. Het kind ligt tussen hen in, het middelpunt op de matrassen die Jessye op de vloer van de slaapkamer heeft uitgespreid. Het begint zachtjes, verdrietig en omdat ze niet weten wat ze moeten doen, houdt Manú het stevig vast in zijn armen en wiegt het, maar het kind weert hem af met zijn knuistjes, gooit zijn hoofdje naar achteren, het huilen zwelt aan tot een schel geloei. Jessye warmt de babymelk op maar hij duwt de fles van zijn mond weg. Manú blijft rustig, hij zingt door het krijsen heen en als het na drie kwartier moe wordt, hikt het slaperig na in zijn armen en legt hij het naast zich neer. Ze liggen ieder aan een kant van het jongetje dat uitgeput verder slaapt. Hij sluit zijn ogen, legt zijn arm over hem heen en pakt haar hand, hun benen verstrikt. Zo liggen ze tot de ochtend.

Als er wordt aangebeld, liggen ze nog steeds op een hoopje. Manú wordt gewekt uit een droomtoestand, en, zoals hij zich later realiseert, het moment waarop zijn droom een tastbare vorm krijgt. Hij verbaast zich niet over het bellen dat eerst aarzelend inzet, of het tijdstip waarop dat gebeurt, want dit is zijn leven, hij kent nu zijn fundament en wat gebeurt is niet langer iets waarnaar hij uitkijkt of streeft, het vindt gewoon plaats. Als het bellen aanhoudt, staat hij op, trekt zijn kleren aan en opent de deur van de woning.

Recherche legitimeert zich en dringt de woning binnen, een agente in uniform neemt het slapende kind van het matras, wikkelt het in een deken en draagt het naar buiten, de galerij op. Een rechercheur vraagt Jessye naar haar naam, die ze onwillig zegt.

Manú houdt zich in, hij weet dat woede en ongeduld de zaak kunnen schaden.

'Wij kunnen zélf voor onze kinderen zorgen,' zegt Manú rustig tegen de agente die een stoel verschuift om aan de tafel te gaan zitten.

'Wij zijn voorgoed samen. Jessye en ik. Vanaf nu kunnen wij zélf voor onze kinderen zorgen.'

Als Jessye zich heeft aangekleed, wordt ze meegenomen. De rechercheur neemt ook plaats aan de tafel en vraagt naar zijn naam. Als hij met vaste stem 'Manuel Rodrigo Savante' antwoordt, beduidt de man van de recherche hem ook aan de tafel te komen zitten. Manú gehoorzaamt uit gewoonte. Ze vragen wanneer hij uit Groningen is teruggekomen. Het is de enige vraag waar hij een antwoord op weet.

Dan vertellen ze het hem. Manú reageert niet op wat ze uitleggen. Ook niet als ze het geduldig blijven herhalen.

Colofon

Onder de dreven van Hannah van Munster werd in opdracht van Uitgeverij Van Oorschot te Amsterdam gezet uit de Janson door Perfect Service te Schoonhoven en gedrukt en garenloos gebrocheerd door Ten Brink te Meppel. Het omslagontwerp werd vervaardigd door Christoph Noordzij.

De auteur ontving voor deze uitgave een Stimuleringsbeurs van het Nederlands Letterenfonds.